MW00910277

Titre original : *No such Thing as Dragons*

Initialement publié par Scholastic Children's Books,
une filiale de Scholastic Ltd, Londres, 2009

Philip Reeve

Qui a peur des dragons ?

Illustrations de l'auteur

Traduit de l'anglais
par Anne Krief

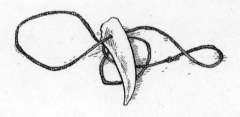

GALLIMARD JEUNESSE

Pour ma mère et mon père, Jean et Michael Reeve.

Les mots suivis d'un astérisque sont expliqués dans le glossaire p. 211.

1

Or donc, ils se dirigeaient vers le nord, l'homme et l'enfant, dans un paysage de montagnes surmontées d'épais plateaux d'ardoise et dressées, prêtes à dévorer le ciel.

L'enfant venait de contrées plus douces. Il n'aimait pas ces montagnes. Celles qu'il connaissait étaient recouvertes d'herbe, toutes rondes comme de bons gros oreillers verts rebondis, avec par endroits des maisons plantées dessus, ou des moutons, et à l'occasion une rivière coulant au pied, tel un miroir sinueux. Celles du Nord étaient si hautes qu'il devait se pencher en arrière pour tenter d'en voir le sommet. Elles étaient si rocailleuses et déchiquetées que son regard ne rencontrait que des dents, des pics et des épines de pierre lorsqu'il cherchait des yeux la cime, l'aboutissement de ce terrible chaos de roches. Les champs enneigés apportaient une touche de blanc vers les hauteurs, et laissaient comme des lambeaux de draps entre les dents noires. Les rivières, blanches également, dégringolaient en maigres cascades le long de falaises rébarbatives. On aurait dit que Dieu, sur un coup de colère, avait attrapé ce bout de terre et l'avait lancé en l'air.

Le garçon s'appelait Ansel, l'homme Brock. Là d'où ils venaient, c'était déjà le printemps. Ils en avaient aperçu les prémices : de jeunes pousses sur les arbres, des soucis des marais dans les prairies inondables, un rayon de soleil sur les biefs et les mâts de fête. Mais là-haut dans les montagnes, l'hiver s'attardait. Il y avait encore de la neige, accrochée sur les pentes raides ou fondue, portée par le vent. La saison ne paraissait pas des plus indiquée à Ansel pour circuler dans une telle région, mais Brock lui avait expliqué que c'était de loin la meilleure époque pour la chasse au dragon.

À certains moments, tout en chevauchant, Brock entonnait de vieilles chansons et, à d'autres, il parlait. C'était des plaisanteries, des histoires, des remarques sur les lieux qu'ils traversaient. Il semblait fort insouciant pour quelqu'un qui s'apprêtait à combattre les dragons. La plupart du temps, il ne prenait même pas la peine de se retourner vers le garçon qui le suivait péniblement sur son poney harassé. Il se contentait de lui lancer quelques mots par-dessus l'épaule en espérant qu'Ansel les saisirait au vol.

Ansel ne lui répondait jamais. Il en était incapable. « Tu as donné ta langue au chat ? » lui demandaient fréquemment les gens ; mais s'il avait bel et bien une langue, c'était les mots qui lui faisaient défaut.

À l'âge de sept ans, Ansel avait subi deux pertes. Tout d'abord, sa mère était morte ; puis Dieu lui avait ôté la parole. Avant, il parlait comme n'importe quel autre garçon, et il chantait aussi : il chantait toujours en travaillant, le petit Ansel. Son père s'était mis en tête qu'il pouvait se faire de l'argent avec une telle voix. C'est pourquoi, lorsque Ansel sombra dans le silence, son père déclara qu'il le faisait par pure méchanceté, pour priver sa famille de tout l'argent qu'il aurait pu gagner en chantant. Il donna un coup de pied à son fils, mais celui-ci ne broncha pas. Il fouetta Ansel, mais Ansel ne brisa pas davantage son silence. Après quoi, dépité, le père se désintéressa de l'enfant. Peut-être, après tout, était-ce la volonté de Dieu. Il prit une nouvelle femme et il ne tarda pas à avoir de nouveaux enfants sur lesquels tirer des plans.

Le père d'Ansel était aubergiste, mais on aurait pu le prendre pour un paysan à la façon dont il élevait sa progéniture, comme du bétail, engraissant les filles pour les vendre aux fils de riches marchands de la ville et les garçons pour les placer comme apprentis ou domestiques chez les nantis.

Le jour où Johannes Brock s'arrêta à l'auberge pour abreuver son cheval et sa bête de somme, et en vint à dire qu'il cherchait quelqu'un pour le servir au cours du voyage qu'il avait prévu dans le Nord, le père d'Ansel grimaça un sourire tout en frottant ses grosses mains rouges. Puis il aligna ses fils, comme des bœufs à la foire.

– Celui-ci, messire, c'est Ludovico ; petit pour son âge, mais solide. Et pourquoi pas Martin, là ? Il vous servira correctement : tu serviras bien messire, hein, Martin ?

Il passa le tour d'Ansel, sans même prendre la peine de mentionner son prénom. Et quand Brock s'enquit du garçon, le père se contenta de lui répondre, en haussant les épaules :

– Ansel a une infirmité : il est muet.

Or il se trouva que l'idée d'avoir un serviteur silencieux plut à Brock.

– Il ne sait ni lire ni écrire, j'imagine ?

– Oh, non, messire ! Pas du tout !

– Alors les secrets seront bien gardés avec un tel serviteur. Et surtout, point de bavardages. Je ne supporte pas les bavardages.

Brock tourna plusieurs fois autour d'Ansel. Il avait bien l'air d'un homme à secrets : grand, les yeux noirs, des cheveux cuivrés bouclant autour de son beau visage, une fine cicatrice, telle la trace ténue d'un escargot, serpentant sur une des joues et disparaissant dans la broussaille blonde d'une barbe de trois jours. Ses vêtements avaient souffert du voyage mais étaient coûteux : la tunique à carreaux ornée de motifs ajourés en forme de losanges et de larmes, un manteau de voyage en laine épaisse. Il émanait de lui une odeur de chevaux, de métal et de guerres lointaines. « Si saint Michel en personne, songea Ansel, descendait sur terre, c'est à cela qu'il ressemblerait. »

Dès que le père d'Ansel comprit que l'étranger était intéressé, il entreprit de se rappeler les qualités de son fils.

– Mon Ansel est un garçon obéissant, messire. Dix ans. Costaud et en bonne santé. Intelligent, malgré son infirmité. C'était le préféré de sa mère, Dieu ait son âme. Naturellement, j'en aurais le cœur brisé, messire, si je devais m'en séparer. À moins que vous ne mettiez le prix…

Il gaspillait sa salive. La décision de Brock était déjà prise. Une bourse changea de mains. En moins de temps qu'il ne lui en aurait fallu pour servir une bière à l'étranger, le père d'Ansel avait des pièces d'or en poche et une bouche de moins à nourrir. Tout miel, il fit un balluchon des vêtements de son fils et l'expédia avec le voyageur.

– Prenez soin de lui, messire ! ajouta-t-il, essoufflé, en trottinant à leur hauteur, Ansel juché sur le poney et son maître sur le cheval. Et renvoyez-le-moi sain et sauf après votre voyage ! À propos, où

est-ce que vous allez, si je peux me permettre, messire ?

— Dans les provinces du Nord, répondit Brock en
lui souriant du haut de sa monture. Je vais au nord,
chasser le dragon.

2

On aurait dit une plaisanterie, là, dans les basses terres, où le printemps faisait éclore les jolies petites fleurs roses des vergers. Les dragons, ça n'existait pas, non ? Uniquement dans les contes. Uniquement dans les histoires que l'on se racontait tout autour de la terre, les nuits d'hiver, pour se faire doucettement peur. Uniquement dans les livres d'images.

Tout en chevauchant vers le nord en compagnie de Brock, Ansel se rappela le tableau de saint Georges et du dragon qu'il avait vu dans la grande église de la ville. Le saint était en armure, mais tête nue et avec une auréole dorée en équilibre sur ses boucles blondes. La pauvre princesse qu'il était venu sauver avait un grand front blanc et des cheveux jaunes, et l'air étonnamment calme pour quelqu'un qu'on avait envoyé en pâture au dragon. Vêtue d'une robe en drap d'or, elle tenait à la main un bouquet de lis blancs, peut-être pour servir de garniture… Quant au dragon, Ansel se souvenait qu'il ressemblait à un poulet verdâtre et chauve, à tête de lézard et ailes de chauve-souris. Sa gueule grande ouverte était vermillon, de même que le sang qui semblait, telles des fougères rouges, sortir en serpentins de son poitrail offert complaisamment à la pointe de la lance du saint.

Il se demanda si saint Georges avait lui aussi un jeune garçon à son service et si oui pourquoi ce dernier ne figurait pas dans le tableau. Était-ce parce qu'il ne comptait pas pour grand-chose ? Ou, peut-être, parce qu'il se trouvait dans le ventre du dragon ?

En attendant, il avait du mal à croire aux dragons, à y croire véritablement, les premiers jours, tandis qu'ils chevauchaient, sous le soleil printanier, sur la route blanche et poudreuse qui montait imperceptiblement dans les montagnes de plus en plus hautes, en direction des cimes enveloppées de nuages. Brock allait en tête, tandis que, dans son sillage, Ansel aiguillonnait à coups de talon son poney assoupi. Les balluchons de toile cirée qui contenaient l'armure de Brock rebondissaient contre les flancs du poney dans un cliquetis de casseroles.

Au début, Brock ne parla pas beaucoup, hormis pour ordonner « Va chercher ci », « Apporte-moi ça » ou encore « Occupe-toi des chevaux », à peu près ce qu'Ansel était habitué à entendre de la part de son père ou de ses frères. Mais Brock parvenait à le dire avec cette espèce de sourire particulier qui déclenchait chez Ansel le désir de le satisfaire. À l'occasion, lorsque l'enfant s'était bien acquitté de sa tâche, l'homme à la belle stature le remerciait d'une petite tape sur la tête et, un jour mémorable, d'une tranche de cake aux pommes achetée à un étal, dans un bourg. Ansel essayait de se comporter de manière à faire croire que Johannes Brock était son père. Il se sentait fier de voir la façon dont les gens suivaient des yeux cet imposant personnage tandis qu'ils traversaient villes et villages. Bien qu'il eût encore un peu peur de lui, il se disait qu'il aurait avantage à l'avoir pour père plutôt que le sien. Il ne pouvait imaginer Brock vendant ses propres fils pour quelques pièces d'or.

Tous les soirs, quand ils s'arrêtaient dans une bourgade et cherchaient une auberge où passer la nuit, l'attitude de Brock changeait légèrement. Il se redressait sur son cheval et dégageait de la couverture élimée la poignée de la grande épée suspendue à sa selle. Et, quand à l'auberge on lui demandait son nom, il répondait : « Je suis Johannes von Brock. Chasseur de dragons. »

Dans ces contrées reculées, situées très au nord de la région natale d'Ansel, les gens prenaient au sérieux les histoires de dragons. Personne n'en avait jamais vu de ses propres yeux, mais tout le monde était avide d'entendre les récits de celui qui en avait rencontré. Des compagnons de voyage occasionnels invitaient Brock à leur table pour qu'il leur parle de ses aventures et des dragons qu'il avait traqués et tués. Brock les appelait les « vers », comme si pour lui ils étaient aussi peu effrayants que les vers de terre roses avec lesquels Ansel jouait dans le jardin potager de sa mère quand il était petit. Sous des dehors apparemment discrets et réservés, Brock était capable, lorsqu'il prenait la parole, d'imposer le silence à une taverne entière.

— J'ai pourchassé ces bêtes dans toute la chrétienté ; affronté ma première alors que j'étais à peine plus grand que mon jeune écuyer. En Transcarpatie, en Haute-Savoie, dans le Harz, et à présent ici. C'est une espèce de vocation, si je puis dire. Chaque fois que je tue un ver, je jure que ce sera le dernier et que je m'installerai avec l'argent que j'ai gagné. Mais, chaque fois, cette vieille pulsion me démange et me voilà reparti sur les routes à la poursuite d'un de ces satanés vers. Pourtant, je ne pourrais pas vivre autrement. C'est plus fort que faire la guerre, prendre la mer ou même travailler pour gagner sa vie…

Les hommes qui l'écoutaient voulaient toujours savoir comment il traquait les bêtes, comment elles se battaient et où elles établissaient leurs repaires. Brock répondait patiemment à leurs questions tandis que les femmes contemplaient la cicatrice argentée qui sinuait sur son beau visage, comme mues par le désir de l'adoucir d'un baiser. Parfois, il ouvrait le haut de sa tunique et dégageait le col de sa chemise pour montrer aux gens le croc en ivoire, de la taille d'un majeur d'homme, qu'il portait autour du cou à un lacet de cuir. Alors, les femmes soupiraient, les yeux écarquillés, et songeaient avec mélancolie aux dangers qu'avait courus le séduisant chevalier. Brock se délectait de leur admiration, tel un chat se dorant au soleil.

Et Ansel ? Ansel s'assurait que les chevaux étaient en sécurité dans leur écurie. Il aimait les chevaux. Neige, la grande jument de Brock, et Bretzel, le poney râblé qui le transportait ainsi que les vivres, la marmite, les manteaux, les vêtements de rechange et l'armure de Brock. Ils étaient si imposants et si puissants, avec tous ces muscles et tendons qui roulaient sous leur pelage, et ces naseaux béants et frémissants. On aurait presque dit des dragons (c'était du moins ce qu'il pensait jusqu'au soir où il fouilla dans la sacoche de Brock et découvrit à quoi pouvait ressembler un *vrai* dragon). Il les soignait et leur donnait à manger, puis il astiquait les selles, les sangles, les étrivières * en cuir et les grandes bottes de voyage de son maître, pendant que les enfants du lieu et les hommes les plus rustauds s'évertuaient à le faire parler, considérant son mutisme comme un défi à relever.

– Le dragon t'attend ! lui disaient-ils en désignant les montagnes qui se découpaient sur le ciel du nord. Gros comme une maison, chaud comme un four, crachant des flammes et des braises, et affamé de chair chrétienne. Qu'est-ce que tu dis de ça, hein, mon gars ?

Après quoi ils se livraient à des bruits de mastication en riant grassement.

Et Ansel riait avec eux à sa manière, sans émettre le moindre son ni trouver tout cela particulièrement drôle.

3

La route montait abruptement, sinuait le long d'une rivière qui allait se rétrécissant, bouillonnant et grondant de plus en plus chaque jour. L'air embaumait la sève des sapins qui se dressaient en sombres pelotons sur les pentes. Au-dessus, le ciel était tout entier occupé par les montagnes, et ces montagnes étaient plus hautes que toutes celles qu'Ansel avait pu voir, même en rêve.

– Tu vois, la grande, là au milieu, perdue dans les nuages ? lui demanda Brock un beau matin, le doigt tendu et pivotant sur sa selle pour s'assurer qu'Ansel regardait dans la bonne direction. C'est là que nous allons. D'après tout ce que j'ai entendu dire, elle serait hantée par un ver monstrueux. Les paysans vivent dans sa terreur. Le landgrave[1] qui les gouverne me paiera une coquette somme si je parviens à l'en débarrasser.

Ils arrivèrent à une auberge au bord de la route, blottie sous des rochers boisés. En guise d'enseigne, on avait suspendu au-dessus de la porte une brassée de rameaux fraîchement coupés. Sa tenancière était une veuve, plutôt jeune et pimpante, à la longue et épaisse natte blonde enroulée autour de la tête, tel le bord doré d'une tourte. Elle appréciait à ce point les histoires de dragons de Brock qu'elle le conduisit ce soir-là dans sa propre chambre pour qu'il lui en raconte d'autres. Ansel, pour la première fois de sa vie, dormit tout seul, roulé en boule par terre, au pied du lit vide de son maître.

Sauf qu'il n'arriva pas à dormir. Le vent sifflait dans les sapins derrière l'auberge, s'infiltrait par les fentes des volets et soulevait le tapis de jonc sur le plancher. Des souris cavalaient sur le toit de chaume. Les dragons, auxquels il avait tant de mal à croire en plein jour, lui parurent nettement plus vraisemblables alors qu'il était couché seul dans le noir. Il les imaginait là, tout près, dans le silence des montagnes, évoluant au-dessus des cimes hostiles au gré

---

1. À l'époque du Saint Empire romain germanique, titre porté par certains princes souverains relevant directement de l'empereur.

des battements de leurs ailes membraneuses. Il voyait les flammes s'échapper de leur gueule allongée, illuminant les cols et les cirques, projetant leur ombre de chauve-souris sur les falaises. Peut-être l'un d'eux tournoyait-il en ce moment même au-dessus de l'auberge, scrutant la terre de ses yeux noirs et mauvais. La nuit, vu d'en haut, le toit de chaume devait ressembler, sur le fond sombre du terrain, à un carreau clair aux bords irréguliers, tel qu'un rapiéçage sur une couverture…

« Les dragons, ça n'existe pas », songea-t-il, et il se rapprocha du coin de la pièce où étaient déposées l'épée de Brock et les sacoches, dans l'espoir qu'elles lui apportent un peu de réconfort. Il resta les yeux grands ouverts, à étudier leur forme. Elles étaient en cuir, plus précisément en peau retournée sur laquelle il subsistait encore des poils. Dans l'obscurité, elles avaient l'air de chiens endormis. Le reste de leurs bagages avait été remisé dans l'écurie, mais pour ses sacoches, Brock n'avait confiance qu'en Ansel. La plus grande contenait ses vêtements de rechange, le nécessaire de rasage et autres affaires dont un gentilhomme pouvait avoir besoin en voyage. En ce qui concernait la plus petite, Ansel avait reçu l'ordre de ne pas l'ouvrir.

Obéissant par nature, il ne s'était jusqu'alors jamais demandé ce qu'elle contenait. Mais là, tout seul, il ne voyait pas pourquoi il n'y jetterait pas un coup d'œil. Son maître transportait-il un trésor ?

Quelque charme indispensable pour tuer les dragons ? Ou un souvenir de ses victoires passées ?

L'auberge craquait. Les arbres bruissaient. Les voix de Brock et de la jeune veuve lui parvenaient confusément à travers le mur de pierre d'une chambre voisine. Ansel se débarrassa du manteau dont il s'était couvert et s'approcha des sacs à pas de loup. Il emporta le plus petit en un endroit de la pièce éclairé par un rayon de lune traversant une fente du volet. Il ne l'ouvrit pas immédiatement, mais le palpa, cherchant à deviner au toucher quel était à l'intérieur cet objet oblong, lisse et dur, aux bords arrondis, comme une pierre emmaillotée, mais trop léger pour être une pierre. Prenant une profonde inspiration, il dénoua les lacets qui fermaient la sacoche. L'objet emmailloté était l'unique contenu du sac. Il le sortit. On aurait dit une cuillère géante.

Ansel avait très peur que Brock ne fît irruption dans la chambre et ne le surprît devant le sac grand ouvert, mais il était trop tard pour reculer ; il fallait qu'il sache de quoi il s'agissait. Très vite, comme un enfant impatient d'ouvrir son cadeau, il défit le tissu qui le protégeait.

C'était un crâne aussi long que le bras d'Ansel. Un gros morceau d'os grêlé qui se terminait en un fin museau surmonté d'une boule. Le genre d'animal auquel il avait appartenu ne faisait aucun doute. Le museau pointait allégrement vers le haut, comme s'il humait toujours l'air en quête d'une proie, toujours affamé de chair fraîche, malgré son état d'ossement décharné. Les orbites obscures étaient placées très haut, près des jointures et des articulations qui actionnaient les mandibules. Tout le reste n'était qu'une gueule, un petit sourire en coin assez satisfait, festonné de courts poignards blancs. Une gueule avec assez de dents pour une douzaine de dragons.

Ansel contempla le crâne un long moment, mais il était toujours aussi effrayant. Il l'enveloppa de nouveau dans son linge, reposa la sacoche à sa place, dans le coin, et se glissa sous son manteau. Il tremblait légèrement et, dès que la vieille auberge grinçait ou bronchait, il voyait un dragon se poser sur le toit. Mais il dut bien finir par s'endormir car lorsqu'il se réveilla une cloche sonnait au loin, le soleil perçait par la fente du volet, et Brock le secouait de la pointe de sa botte en lui ordonnant de se lever et d'aller seller les chevaux.

4

Quelques heures après qu'ils eurent quitté l'auberge, la route plongea brusquement dans un repli du terrain, de façon si abrupte qu'ils furent contraints de descendre de cheval et de mener les montures à pied. Brock maugréait, mécontent de perdre toute l'altitude qu'ils avaient gagnée auparavant. Mais Ansel était soulagé, heureux de tout ce qui pouvait retarder leur arrivée dans cette redoutable montagne qui les attendait, perdue dans les nuages et hantée par le dragon. Toutes les fois qu'il fermait les yeux, il revoyait le long crâne caché dans la sacoche de son maître. Toutes les nuits, ses rêves étaient peuplés de dragons volants. Des braises ardentes pleuvaient de leur gueule et la fumée qu'exhalait leur souffle obscurcissait le ciel. Leurs dents d'ivoire étaient si acérées et féroces qu'il doutait même de la capacité de l'épée de Brock à effacer ces affreux rictus de leur tête écailleuse.

Au fond de cette faille poussaient des arbres, de beaux et bons hêtres et bouleaux entre lesquels serpentait une rivière. Il y avait comme un bruissement printanier dans l'atmosphère. Un bruissement ténu, certes, celui des jeunes pousses au sommet des hêtres ou celui des trilles fugaces de quelque oiseau, mais il était le bienvenu après la rigueur des cimes.

Lorsqu'ils eurent atteint le creux abrité de la vallée, Brock s'étendit de tout son long dans l'herbe.

– Grand Dieu, que je suis las de voyager ! Ansel, apporte-moi le vin et le pain. Nous allons nous reposer un peu ici.

Il se reposa en effet, mordillant dans l'une des miches de pain que la gentille veuve de l'auberge leur avait données. Pendant ce temps-là, Ansel descendit à la rivière en quête d'un endroit où faire boire Bretzel et Neige. Le sol était couvert de gros rochers entre lesquels se lovaient des trous d'eau claire. La rivière avait une couleur métallique et ondoyait entre les arbres dénudés. Au-dessus de ces arbres, pas de ciel, mais le flanc escarpé d'une montagne presque à pic, qui lui rappelait les sinistres cimes vers lesquelles il se dirigeait. Se refusant à le regarder, il baissa la tête.

C'est alors qu'il la vit. Une silhouette, une fraction de seconde, se refléta dans le trou d'eau, à ses pieds ; celle d'une créature pourvue de grandes ailes déployées qui fondait sur les arbres.

Il se dépêcha de rebrousser chemin pour retrouver Brock et les chevaux, s'efforçant désespérément de faire le signe de croix tout en courant, trébuchant dans les trous d'eau, s'écorchant aux branches basses. Il surgit dans le pâle soleil le doigt levé, impatient d'annoncer à son maître que le dragon était au-dessus d'eux. Celui-ci avait dû sentir comme par magie que le chasseur s'était lancé à sa recherche et il était descendu de sa montagne désolée pour aller à sa rencontre.

– Qu'y a-t-il, petit ? Que… ?

Brock se leva d'un bond, l'air affolé. Les chevaux broutaient paisiblement non loin. L'homme se protégea les yeux et scruta le ciel. Ansel ne comprit pas pourquoi il ne se précipitait pas sur son épée ; au lieu de cela, il se mit à rire.

– Tu as cru que c'était le ver ! s'esclaffa-t-il en rejetant la tête en arrière. Grand Dieu ! C'est bien ce que tu as cru !

Troublé, Ansel regarda le ciel. Tout en haut de la vallée, les grandes ailes grises battaient avec régularité, emportant le héron vers des coins poissonneux plus paisibles.

Ce n'était qu'un héron… Ansel essaya de rire de sa méprise, mais il était toujours tenaillé par la peur et il ne put qu'esquisser un sourire en coin.

Brock le vit et cessa de rire, devant la peur bien

réelle qui se lisait sur le visage du jeune garçon. Il s'approcha et lui tapota l'épaule.

– Ansel, je vais te confier un secret. Il sera en sécurité avec toi, non ?

Ansel acquiesça. Brock s'accroupit de sorte que son visage se trouvât à la hauteur de celui du garçon.

– Les dragons, ça n'existe pas, lui dit-il en détachant chaque syllabe.

Ansel le regarda, déconcerté. Était-ce une plaisanterie ? Un test ? Qu'était-ce ?

– J'ai fait presque le tour du monde, déclara Brock. J'ai été soldat quand j'étais jeune, et j'ai vu des aigles, des tigres, des baleines et même des Sarrasins, mais je n'ai encore jamais vu de dragon, ni entendu parler d'un dragon ailleurs que dans les histoires. Ils n'existent pas, Ansel. Et s'ils existaient, nous en aurions tous vu. Les rois et les ducs en auraient dans leur ménagerie. Les riches messieurs porteraient des coiffes en peau de dragon et des chausses en écailles de dragon, et ils se feraient servir du rôti de dragon à leurs festins. Mais ce n'est pas le cas. Et pour quelle raison ? Parce qu'un tel animal n'existe pas, voilà pourquoi. Peut-être y en a-t-il eu, autrefois, mais Noé n'a pas trouvé de place pour eux dans son arche – j'imagine qu'un animal cracheur de feu aurait été trop dangereux sur un bateau. Et quand bien même auraient-ils survécu, tu ne vas pas t'imaginer que nous pourrions en trouver un là-haut, au milieu de tout ce vent et cette neige, hein ? Les dragons sont supposés être d'énormes lézards, n'est-ce pas ? Les lézards se dorent au soleil sur les rochers en été ; ils se cachent et dorment dès qu'arrivent les frimas. Comment pourraient-ils se réchauffer dans ces montagnes ? Grâce à leur propre souffle incandescent ?

Ansel ouvrit la bouche pour protester, tellement stupéfait qu'il en avait oublié qu'il était muet. Il désigna d'un air interrogateur la dent de dragon qui pendait autour du cou de Brock. Ce dernier baissa la tête et palpa la canine.

– Ça ?

Ansel acquiesça. N'était-ce pas une preuve ?

– Je l'ai achetée à Alep. Une dent de tigre, d'après l'homme qui me l'a vendue. Quant à cette cicatrice, elle remonte à l'enfance : j'avais tiré les nattes de ma petite sœur et elle m'a poussé dans l'escalier. Je me suis ouvert la joue sur un petit clou qui dépassait.

Ansel ne voulait pas le croire. Assurément, la bravoure de Brock ne pouvait tout entière être mensongère. Et le crâne, alors ? Oubliant qu'il n'était pas censé l'avoir vu, il montra le sac accroché à la selle de Neige.

Brock éclata de rire à nouveau.

– Tu n'as pas pu t'empêcher de fouiner ! J'aurais dû me douter qu'interdire à un petit garçon de regarder dans un sac était le meilleur moyen qu'il y fourre son nez…

Il se dirigea vers sa jument qui n'avait cessé de paître, ouvrit la sacoche et en sortit presque négligemment l'objet, qu'il débarrassa de son tissu, découvrant le large rictus de carnassier. Ansel fit de son mieux pour paraître courageux, mais il ne put s'empêcher de tressaillir : la chose avait l'air si maléfique et suffisant.

– J'ai déniché ça chez un marchand, à Venise, expliqua Brock. Il vient d'Afrique. C'est le crâne d'un monstre appelé corcodrile[1], une espèce de gros triton qui vit dans les eaux du Nil et se nourrit de négrillons au petit déjeuner. C'est ce qui s'apparenterait le plus à un dragon en chair et en os. Mais ce n'est *pas* un dragon. Il n'a pas d'ailes, pas de voix, pas de perle magique et ne crache pas de feu. Ce n'est qu'une grosse bête. C'est bien ça ? demanda-t-il au crâne avant d'actionner ses mâchoires pour qu'il semble lui répondre : Oui, c'est bien ça, Brock !

Il remmaillota le crâne dans son linge et le rangea dans la sacoche. Lorsqu'il retourna auprès d'Ansel, Brock riait toujours.

– Tu as l'air aussi stupéfait qu'un canard à qui on aurait tordu le cou. Alors, tu dois te demander pourquoi nous faisons ce pénible voyage s'il n'y a pas de ver à tuer au bout du compte ?

Ansel hocha la tête.

– Eh bien, c'est ça le véritable secret. Tu vois, ce n'est pas parce que les vers n'existent que dans les

1. Animal mythologique apparaissant dans *Excalibur, l'épée dans la pierre*, roman de T. H. White.

histoires que la moitié de l'humanité n'est pas assez insensée pour y croire. Donc la moitié des gens y croit.

Il attrapa Ansel par les épaules et le retourna pour qu'il se retrouve face aux falaises menaçantes et aux contreforts des montagnes.

— Dans des endroits pareils, dit-il, où les hivers sont rudes et les paysans stupides, personne ne doute de la présence des dragons sur les cimes. Dès qu'un mouton est égorgé ou qu'un chevrier disparaît, les vieilles histoires que leur racontaient leurs grand-mères pour leur faire peur resurgissent et les gens n'ont plus qu'une obsession : le ver. Quand nous arriverons en leur promettant de les délivrer du monstre, ils nous accueilleront en héros. Alors, toi et moi, nous allons monter vers leurs alpages. Il n'y aura personne à cette époque de l'année, mais nous trouverons certainement une cabane de berger ou une grotte accessible où nous pourrons nous abriter une nuit ou deux. Juste assez longtemps pour que le bruit se répande et que les gens commencent à se demander s'ils nous reverront. Là, à l'instar de Notre Seigneur, nous ressusciterons le troisième jour. Nous redescendrons en leur apportant le crâne de notre ami le corcodrile au bout d'une pique et nous leur raconterons comment nous avons dû nous battre âprement avant de réussir à exterminer leur ver. Bien évidemment, je vais devoir arranger un brin notre vieux crâne, en l'agrémentant de quelques morceaux de chair et de cervelle prélevés sur un mouton mort afin qu'il ait l'air un peu plus frais. Personne ne saura que ce n'est pas le crâne d'un dragon. Ensuite, nous aurons droit à un festin, à des femmes éperdues de reconnaissance, peut-être à quelques cadeaux, toutes choses que nous accepterons avec plaisir. Et, pour obtenir tout cela, je n'ai qu'une seule chose à faire : dormir dans une cabane de berger. C'est nettement mieux que de chasser le dragon, non ?

Ansel acquiesça. À la vérité, il ne savait plus très bien qu'en penser. Il sentit qu'il devait se réjouir de ne plus avoir peur du dragon, mais il eut aussi l'impression que Brock l'avait dépossédé de quelque chose. En somme, tout cela n'avait été que mensonge.

Ils ne tardèrent pas à arriver de nouveau en vue d'une immense et sombre montagne. Des nuages noirs balayaient les replis de ses contreforts ; les sommets étaient prisonniers de glaciers et entravés dans des cordes de brume. Ansel était toujours aussi impressionné, mais cette fois, c'était surtout l'idée d'une telle altitude, d'un tel froid, qu'il redoutait. Ses peurs n'étaient plus que des peurs ordinaires. Elles n'avaient plus rien à voir avec l'émerveillement et l'effroi suscités par le dragon.

5

Vers la tombée du jour, ils parvinrent à un bourg qui s'efforçait de se donner des airs de vraie ville. Une petite pluie glaciale était tombée tout l'après-midi, mais à cette heure la brise du soir chassait les nuages derrière lesquels filtrait le soleil couchant, qui illuminait les grands murs d'enceinte, dont les pierres luisaient comme des écailles. Ce bourg était niché au creux d'une vallée, au-dessus d'un lac tout en longueur et d'une route blanche en lacet qui grimpait jusqu'à ses portes ; les épaulements escarpés des montagnes s'élevaient brutalement derrière lui, montant jusqu'au gigantesque pic couronné de nuages qui dominait l'ensemble. Plus tard, Ansel serait incapable de se rappeler le nom de cette petite ville, mais il allait se souvenir toute sa vie de celui du mont : le Drachenberg.

– C'est là que nous allons, petit, dit Brock en scrutant le sommet. Mais nous allons nous arrêter ici pour la nuit. Une dernière nuit dans un bon lit avant d'attaquer notre ascension.

À l'entrée du bourg, un feu brûlait dans un chaudron, dégageant une épaisse fumée. Des gardes armés de hallebardes s'avancèrent pour barrer la route aux deux voyageurs.

– Vous êtes bien Johannes von Brock, le chasseur de dragons ?

Brock ôta sa capuche.

– Vous avez entendu parler de moi, apparemment.

– Toute la contrée est au courant de votre venue, répondit le garde en inspectant Brock de la tête aux pieds.

– Le landgrave veut vous voir. Il nous a demandé de vous conduire à son palais.

– Allons-y, répliqua Brock en se redressant sur sa selle.

Le capitaine des gardes et deux de ses hommes mirent l'arme à l'épaule et ouvrirent la voie, franchissant la porte de la ville avant de s'engager dans les étroites rues pavées. Au cœur du bourg, dominant les maisons au toit de chaume et les longs bâtiments en bois des laineries, se dressait une imposante église en construction. La pierre neuve du clocher à demi achevé était de la couleur blanchâtre des os, si pâle contre la montagne si sombre. Les maçons étaient encore à l'œuvre lorsque Brock et Ansel passèrent à cheval au pied de l'édifice. Les échafaudages vertigineux oscillaient dans le vent, et les petits coups secs de leurs marteaux et de leurs burins tombaient drus et secs, tels les cris des tariers[1], dans l'espace entre l'église et les maisons qui l'entouraient. Des pierres, entreposées en tas sous des bâches qui claquaient au vent, attendaient leur tour pour être hissées et sculptées.

Derrière l'église se trouvait un bâtiment bas et gris qu'on appelait le palais. Il était fermé et peu accueillant. Un écusson en pierre gravé aux armes de la famille surmontait la double porte : un dragon ailé tirant la langue. La neige s'était accumulée contre les murs. Le capitaine des gardes dut frapper un long moment du bout de sa hallebarde avant que la grosse porte ne s'ouvre en grondant. Les domestiques examinèrent Brock d'un œil soupçonneux. À l'intérieur, les bruits de la ville étaient tellement amortis par l'épaisseur des murs qu'Ansel eut l'impression qu'on lui avait bouché les oreilles avec des tampons d'ouate. Un prêtre arriva en courant pour conduire les voyageurs auprès de son maître ; sa robe se soulevait à chaque foulée, laissant entrevoir ses mollets nus.

1. Oiseau, petit passereau d'une douzaine de centimètres.

Le landgrave les attendait dans une salle lambrissée, devant une imposante cheminée où se consumait un feu de tourbe qui ne dispensait pas une grande chaleur, et au-dessus de laquelle l'emblème de la famille déployait encore ses ailes. L'homme se retourna à l'entrée de ses visiteurs. Il n'était pas particulièrement âgé, mais son expression suspicieuse et soucieuse évoquait celle d'un mouton qu'on venait de tondre. Gouverner une bourgade aussi glaciale et reculée devait s'être révélé une tâche des plus exténuantes. Il avait l'air épuisé. Ses yeux étaient de la couleur des coquilles de moules, ses pouces rongés jusqu'au sang ; ses longs doigts s'agitaient en permanence et égrenaient les perles du rosaire qui pendait à sa ceinture. Sur une table à côté de lui, ses domestiques disposèrent du pain, des fromages, de la viande froide et du vin. Ansel mangea avec appétit pendant que son maître s'entretenait avec le landgrave.

– Quel bon vent vous amène dans notre ville, étranger ? demanda ce dernier d'un ton las. Des rumeurs courent sur votre compte parmi les gens du peuple. Ils paraît que vous tuez les dragons.

Brock hocha courtoisement la tête.

– Je suis Johannes von Brock, landgrave. Ce jeune garçon est mon écuyer. C'est fort aimable à vous d'avoir voulu me rencontrer ; de toute manière, j'aurais demandé à vous voir, car j'ai ouï dire que vous aviez besoin de mes services. Ces gens ont raison : je suis chasseur de dragons.

Pour la première fois, le landgrave perdit son expression soucieuse et eut l'air intéressé.

– Il paraît que cette contrée est menacée par un ver redoutable, et je suis venu vous en débarrasser, déclara Brock. C'est la meilleure époque de l'année pour chasser le dragon. Il y a encore de la neige et de la glace sur les sommets, ce qui conduit ces créatures à descendre pour chercher leur nourriture. Autrement dit, j'ai une chance de les rencontrer sans avoir besoin d'entreprendre l'impossible escalade jusqu'à leurs repaires.

Le landgrave se mordilla le bord des pouces.

– Cette région a toujours été hantée par les dragons, dit-il en frissonnant légèrement dans ses vêtements cossus. Il y en aurait un dans la montagne que les gens d'ici appellent la Montagne du Dragon, et cela fait belle lurette que des fables circulent à son sujet. Les paysans par là-haut sont veules et superstitieux. Le col est obstrué depuis de longues années par un éboulis de rochers et ils se refusent à le dégager, par peur du dragon. Il y aurait du cuivre et même de l'argent dans la montagne, mais mes mineurs ne veulent pas y monter pour exploiter le site. Ils ont entendu les récits des paysans et eux aussi ont pris peur. Notre ville pourrait être prospère s'il n'y avait ce dragon. Mais vous et moi, Brock, avons de l'instruction. Nous savons bien que les dragons, ça n'existe pas, n'est-ce pas ?

Ansel s'arrêta de manger et regarda le landgrave.

Il se demanda si l'homme n'avait pas subodoré la ruse de Brock et n'était pas sur le point de l'accuser de charlatanisme. Qu'arriverait-il alors à son maître ? et à son jeune écuyer ?

Brock sembla un instant sur ses gardes. Puis il se reprit et hocha la tête d'un air entendu, comme si on lui avait déjà fait ce genre de réflexion maintes fois et en divers lieux.

– Il y a, monseigneur, d'une part le dragon, et d'autre part la peur du dragon. Il est difficile de dire ce qui est le plus dangereux. Quand bien même vous douteriez de l'existence du dragon, vous êtes bien obligé de reconnaître que la peur, elle, est tout à fait réelle.

Le landgrave eut un sourire lointain et se tourna vers la fenêtre, ouverte pour laisser sortir l'épaisse fumée du feu de tourbe. Le soleil couchant teintait de rouille le ciel derrière le clocher inachevé de la nouvelle église.

– Je leur ai dit que le jour où nous aurons notre cathédrale le dragon disparaîtrait, répondit-il. Mais ils n'en ont été que davantage crédules et effrayés. Ils jurent qu'ils ont entendu hurler le dragon sur les cimes. Même ici, en ville, ils l'auraient entendu. Ils prétendent qu'il a dévoré un berger l'année dernière, là-haut sur l'alpage. Dans les temps anciens, avant qu'ils aient entendu la parole du Christ, les gens avaient coutume d'attacher une jeune fille dans la montagne à chaque printemps, en offrande au serpent.

Cela ne se fait plus de nos jours. Mais qui sait ? La plupart des villages par ici sont trop petits pour avoir chacun leur église, leur prêtre pour les guider. Qui sait quels péchés la peur sera capable de leur faire commettre ?

– Alors laissez-moi l'exterminer, dit Brock en se servant à nouveau du vin.

– Exterminer quoi ? Le dragon ou la peur du dragon ?

– Les deux.

Brock avait entrouvert le col de sa tunique, laissant apercevoir le croc d'ivoire qui luisait sombrement, menaçant, au creux de sa gorge. La lueur du feu rehaussait d'un fil argenté la vieille cicatrice qu'il avait sur la joue. Il avait bien la mine d'un tueur de dragons.

Le landgrave l'observait. Croyait-il ou non à l'existence du dragon ? Ansel n'aurait su le dire. Quoi qu'il en fût, il semblait estimer qu'il aurait quelque chose à gagner à envoyer Brock dans la montagne.

– D'après les paysans, la créature a établi son aire au sommet du Drachenberg, dans une grotte au bord d'une mer de glace, au-dessus du village de Knochen. Vous pourriez passer la nuit ici et vous mettre en route demain matin. Mon secrétaire va vous faire un plan pour que vous trouviez le chemin. Je crains que le voyage ne soit fort pénible.

Brock s'étira comme un chat.

– J'ai l'habitude des voyages pénibles. J'ai déjà gravi des montagnes plus hautes. Tout ce que je vous demande, c'est que vos prêtres nous bénissent, moi et le gamin, avant notre départ. Ah, et de l'or, bien sûr !

– Ainsi vous vous faites rétribuer pour tuer ce monstre ? s'enquit le landgrave d'un ton plein de malice.

Brock ouvrit les mains, avec un sourire éloquent.

– Comme j'aimerais pouvoir le faire avec pour tout salaire l'amour de Dieu et la reconnaissance de vos paysans, monseigneur ! Mais nous vivons dans un monde injuste, et l'homme a besoin d'argent pour y faire son chemin. De l'argent pour les chevaux, pour le fourrage, pour la nourriture. Des vêtements pour moi et le petit. De l'argent pour le harnachement et les armes. L'épée que je possède n'a rien d'un couteau de cuisine. Elle est en acier espagnol, le seul capable d'entamer le cuir du dragon. Cela coûte cher, une lame de cette qualité. Cela me coûtera cher de la faire réparer par un bon forgeron quand je l'aurai abîmée et émoussée sur les écailles de votre dragon.

Le landgrave émit un rire las.

– Mais les dragons gardent des trésors, non ? Ce sont des créatures avides, paraît-il. Ne dorment-ils pas dans des grottes remplies d'or, de diamants et de rubis ? Ne pourriez-vous pas simplement prélever une part du trésor de notre dragon une fois que vous l'aurez tué, maître Brock ?

Brock ne rit pas.

– Vous ne connaissez pas ces vers comme je les connais, monseigneur. Vous ne connaissez que les histoires que l'on raconte à leur sujet. J'ai pourchassé ces créatures déchues dans presque toutes les montagnes de la chrétienté et je n'ai jamais vu jusqu'à présent dans leur antre autre chose que des ossements humains. Si vous voulez que je tue votre dragon, vous devrez me payer.

Le landgrave fit un signe de tête à l'un de ses domestiques : l'homme alla chercher quelque chose dans un coffret en bois et le remit à Brock. C'était un crucifix richement orné, en or blanc aux reflets de beurre frais à la lueur du feu, pas très volumineux mais lourd. Brock le soupesa au creux de sa main.

– C'est l'un des trésors de ma famille, déclara le landgrave. Je n'avais pas l'intention de m'en séparer, sauf en cas d'urgence extrême. Mais il sera à vous si vous parvenez à nous débarrasser du dragon – et de la peur du dragon.

L'entretien laissa Brock de méchante humeur. Ansel ne l'avait jamais vu en colère. Il était devenu tout pâle et deux plaques rouge vif étaient apparues sur ses pommettes.

– Quel prétentieux ! maugréa-t-il. Ce landgrave de rien du tout qui ose me traiter de charlatan. Tu l'as entendu ? Autant dire que je suis un menteur !

« Mais c'est pourtant ce que vous êtes, un menteur », songea Ansel, que Brock sembla avoir entendu, bien que le garçon fût dans l'incapacité de s'exprimer.

Il regarda Ansel et sa mauvaise humeur se dissipa. Il rit.

– Bon, tu as raison. Mais j'ai ma fierté, tu sais. C'est une chose que de vivre en jouant sur la peur des sots, et c'en est une autre que de se le faire rappeler par le premier venu. Un peu de respect, c'est tout ce que je demande. Mais le monde est en train de changer, Ansel. Même au fin fond de contrées aussi reculées que celle-ci nous sommes accueillis par des gens instruits. D'ici peu, il y en aura tant que plus personne ne prendra au sérieux les histoires de dragons. Et comment ferai-je pour gagner ma vie, moi ?

Ansel aurait aimé rester au chaud, mais il devait s'occuper des chevaux avant la tombée de la nuit.

– On ne peut pas se fier aux domestiques de Sa Seigneurie pour en prendre soin, dit Brock en le renvoyant dans le crépuscule glacé. Des citadins ! Qu'est-ce qu'ils connaissent aux chevaux ? Va donc voir s'ils sont bien lotis pendant qu'il fait encore jour.

Brock avait raison, comme d'habitude. Les domestiques du landgrave avaient attaché les chevaux dans une vieille étable et rempli une mangeoire de foin, mais la sueur du voyage collait encore aux flancs des bêtes, toutes crottées et embroussaillées après une journée entière sur les routes mouillées. Ansel leur fredonna de petits airs en les étrillant * avec un bouchon d'étoupe *. Il ôta à la main les petits paquets de boue encore accrochés à leur ventre. Il les peigna soigneusement, démêlant les nœuds de leur queue et de leur crinière. Les bêtes se laissaient faire patiemment, soufflaient de petits nuages de buée dans l'air froid, pesant en partie contre lui tandis qu'il s'agenouillait pour retirer la bourre * qui s'était accumulée sur leurs boulets *, petites pelotes épineuses couleur de biscuit. Il s'emparait de leurs jarrets noueux et les chevaux levaient docilement le pied afin qu'il pût curer la croûte de boue et les gravillons incrustés dans les anfractuosités de leurs sabots.

Quand il fut sorti de l'étable, après avoir refermé précautionneusement le portillon derrière lui, il se retourna pour regarder le dernier rayon du soleil qui luisait sur la flèche en construction de la nouvelle église. Des quatre côtés du clocher, des gargouilles tendaient leur cou au-dessus du vide, toutes pourvues d'une langue fourchue, d'une tête de lézard et d'ailes de chauve-souris, comme si, en les sculptant, les tailleurs de pierre avaient eux-mêmes été hantés par la présence du dragon. «Ce doit être normal quand on habite dans une région à dragons», songea Ansel. À quelque heure du jour ou de la nuit, à quelque époque de l'année, on pensait toujours au dragon. Il était là constamment, embusqué à la lisière de toutes les pensées. Il s'insinuait jusque dans les rêves.

Derrière l'église, la montagne se dressait, bleuâtre, tapie dans les nuages. Il n'était pas difficile de deviner d'où lui venait son nom, la Montagne du Dragon : ses cinq pics pointus ressemblaient aux cornes et à l'épine dorsale d'un dragon assoupi, tandis que les parois abruptes et les éboulis évoquaient ses flancs et ses ailes repliées.

Alors qu'il était plongé dans sa contemplation, un bruit lui parvint, porté par le vent. Une sorte de miaulement aigu répercuté par les rochers verglacés et la surface des cirques gelés. Le cœur d'Ansel s'arrêta de battre une seconde. Le son le prit à la gorge et le plaqua contre le mur de l'étable. Un homme qui se rendait dans les cuisines du landgrave s'arrêta, jeta un regard en direction de la montagne et s'empressa de faire un signe de croix.

– Mon Dieu, protégez-nous du dragon, l'entendit marmotter Ansel.

6

Ils passèrent la nuit dans les appartements du landgrave réservés aux hôtes et se mirent en route à l'aube, tout imprégnés d'eau bénite, suivis par les bénédictions des prêtres qui résonnèrent longtemps à leurs oreilles. L'arrivée du chasseur de dragons s'était ébruitée rapidement et, malgré le froid, la population s'était rassemblée pour lui dire au revoir. Pendant quelque temps, une bande d'enfants excités accompagnés d'une poignée d'adultes coururent derrière les cavaliers, leur lançant des questions et des mises en garde au sujet de l'animal tapi dans la montagne, et pariant entre eux sur les chances de Brock. Mais ils ne s'aventurèrent pas bien loin hors des murs de la ville.

Ansel et son maître ne tardèrent pas à se retrouver seuls sur une route qui grimpait péniblement à
travers les contreforts escarpés, revenant incessam-
ment sur elle-même, comme si elle se ravisait et se
refusait finalement à s'aventurer dans la montagne.
À intervalles plus ou moins réguliers, une croix de
pierre rudimentaire jalonnait le chemin, tandis que
d'autres, en bois, se dressaient sur les pentes, plantées dans la maigre couche de tourbe, tels des piquets
de clôture, comme une tentative pour introduire un
peu de mansuétude divine dans cette contrée âpre et
glacée. Les bois de hêtres et de bouleaux cédèrent la
place aux étendues noires des sapins, éclaircies de
temps en temps par une petite prairie. Puis, même
les sapins se firent plus rares, jusqu'à ne plus être
qu'isolés, dressés comme des étendards déguenillés
entre les rochers. Portées par la brise, les corneilles
planaient en scrutant les voyageurs de leurs yeux
bleu glacier. Leurs craillements clairs tintaient
contre les rochers. Enfin, une heure avant la tombée
de la nuit, la route s'éleva jusqu'à une arête rocheuse
aussi déchiquetée que l'épine dorsale d'un dragon,
avant de les conduire au fond d'une vallée où des
maisons étaient blotties au bord d'un lac.

Le village ne comptait guère plus que quelques
masures. Posé en tas informes au-dessus des murs
de rondins, le chaume des toits faisait penser à des
bouses de vache qui seraient tombées du ciel. Si
Ansel n'avait pas été aussi avisé, il aurait pu les

prendre pour des traces du dragon. Alentour, des femmes s'activaient, leur coiffe montant et descendant comme des mouettes sur l'eau, lorsqu'elles se retournèrent pour voir passer les cavaliers. Sur des bandes de terre presque à la verticale, des hommes maniaient pics et pioches, enlevant les pierres, ou peut-être en ramassant encore pour les ajouter aux murets chancelants qu'ils tentaient d'élever sur les pentes, derrière le village. Une barque de pêche se balançait sur le lac, ballottée en tous sens par la brise qui griffait la surface de l'eau.

– C'est là, déclara Brock en talonnant Neige vers le hameau alors qu'une grappe d'enfants se précipitaient à sa rencontre. Bon Dieu de bois ! s'exclama-t-il ensuite en découvrant le personnage à piètre allure qui les accompagnait. Qu'est-ce qu'il fabrique ici ?

L'homme était un moine mendiant, une espèce de saint itinérant allant de lieu en lieu pour répandre la parole de Dieu et vivant de la charité que pouvaient lui faire les villageois hospitaliers. On aurait pu croire qu'il n'y avait pas grand-chose à tirer de cette région montagneuse déshéritée, mais le religieux, râblé et jovial, aux oreilles de chauve-souris et à la couronne de cheveux broussailleuse autour de sa tonsure, avait l'air plutôt bien portant. Ses bottes ajourées couleur framboise contrastaient violemment avec son vêtement sombre. Il ouvrit les bras en reconnaissant Brock, avant de s'exclamer :

– Dieu soit loué ! Nos prières ont été entendues !

Un soldat du Christ est venu nous délivrer du serpent maléfique !

Les enfants dévorèrent des yeux les nouveaux venus. Quelques-uns comprirent l'allusion du moine et se prosternèrent sur la route en remerciant Dieu d'une voix flûtée.

– Ne savez-vous donc pas qui voilà ? tonna le moine en se retournant pour s'adresser, par-dessus la tête des enfants, aux hommes et aux femmes qui abandonnaient leurs travaux et montaient accueillir les cavaliers. Johannes von Brock, le célèbre tueur de dragons ! Dieu lui a donné la force de protéger les bons chrétiens des créatures de Satan comme celle qui hante nos montagnes ! Faites-lui bon accueil ! Notre Seigneur a entendu nos prières !

Les villageois s'agglutinèrent autour des chevaux, tendant les bras pour toucher les bottes de Brock et même celles d'Ansel, comme si une part de la chance et du mérite du chasseur de dragons avait pu rejaillir sur son jeune écuyer. Les visages méfiants et burinés se déridèrent. Les jeunes villageoises rougirent puis sourirent. Des doigts se dressèrent en direction de la montagne et une douzaine de voix s'élevèrent en même temps pour indiquer à Brock où le dragon avait été aperçu pour la dernière fois.

– C'est bon ! C'est bon !

Brock leva la main pour calmer la foule, parcourant des yeux les visages pleins d'espoir, s'attardant sur ceux des jeunes filles et des plus jolies femmes.

– Mon écuyer et moi-même dormirons ici cette nuit et, demain, nous partirons nous occuper de votre dragon. Mais comme nous avons eu une rude journée, j'écouterai plus tard tout ce que vous avez à me raconter sur la bête. En attendant, j'ai besoin d'un endroit pour me reposer et d'une étable pour mes chevaux. Et de dire un mot au frère Flegel, ajouta-t-il en jetant un regard sévère au moine.

Une fois que la famille qui y vivait en eut été délogée pour laisser un peu d'intimité au chasseur de dragons, la maison du chef de village retrouva le silence. Un silence fort relatif si l'on oubliait les pets intempestifs des vaches qui la partageaient, ou les incessants marmonnements étouffés de tous les habitants de Knochen qui s'étaient rassemblés devant pour assister à la suite des événements.

Ansel alla chercher de l'eau et, à son retour, surprit son maître furibond, en pleine discussion à voix basse avec le moine. Celui-ci se tut à son approche, mais Brock claqua dans ses doigts pour qu'il entre.

– Le gamin a perdu la parole. Tu peux t'exprimer librement. Qu'est-ce qui t'amène ici, Flegel ?

– *Frère* Flegel, corrigea l'homme avec humeur.

Brock se tourna vers Ansel qui versait de l'eau dans une cuvette pour le bain de pieds de son maître.

– Flegel était moine jusqu'au jour où il a été chassé pour ses idées hérétiques et son hygiène déplorable, expliqua-t-il. Depuis, il vague à sa guise de place en place, vendant des indulgences et de fausses reliques…

— Le tibia de sainte Ursule n'était pas un faux ! se défendit Flegel.

— Pas plus que le petit doigt de saint Martin, j'imagine, répliqua Brock, ou que la mandibule de saint Antoine — tu en as déjà vendu trois, je le sais de source sûre. Tu es une sangsue, Flegel, la lamproie de Dieu. Ce qui est plus mystérieux, c'est ce que tu peux bien fabriquer dans ce lieu déshérité !

Flegel rajusta sa robe autour de lui pour se donner un semblant de dignité.

— Je vais là où Dieu m'appelle. Et quand j'ai appris que tu voyageais dans la région, j'en ai conclu que ces villages devaient être peuplés d'imbéciles terrorisés et superstitieux. Alors, je me suis dit pourquoi ne pas aller préparer un peu le terrain pour l'arrivée de Brock. Il sera content de moi. Et tu devrais l'être, Brock. J'ai attrapé deux de leurs moutons au passage ; je les ai étripés et laissés à la lisière du pré, pour qu'ils les trouvent rapidement. Si tu avais entendu brailler ces idiots, Brock ! Ils sont persuadés que c'est le dragon qui a fait ça. Il paraît qu'un berger a disparu des alpages l'été dernier ; ça les a agités autant que des grenouilles dans un sac !

— Tu n'as tout de même pas tué le berger, dis-moi ?

— Voyons, Brock ! On ne plaisante pas avec ces choses-là ! Comme si j'étais capable, moi, un homme de Dieu, de… Non. Il a probablement été tué par des bandits qui traversaient la vallée. Ou par des loups. Il doit y avoir des centaines de façons de mourir dans ces montagnes, sans qu'il soit nécessaire d'incriminer le dragon.

Brock hocha la tête.

– As-tu déjà escaladé une montagne, Flegel ? Je veux dire jusqu'au sommet, et non en te contentant de passer par les cols ? C'est un autre monde, là-haut. De la glace à perte de vue, de la neige, des rochers redoutables et un froid à t'écorcher vif. Des tempêtes de vent et de neige qui peuvent se lever d'un instant à l'autre en toute saison. Le pauvre homme a pu périr gelé et tomber au fond d'une crevasse.

Flegel ouvrit les bras et sourit.

– Je sais, je sais, mais essaie d'expliquer ça aux paysans. Dès que quelque chose va de travers, c'est toujours la faute de leur dragon.

Brock émit cet espèce de rire qui ressemblait à un ébrouement. Il sortit les pieds de l'eau qui avait refroidi et les sécha avec le pan de la robe de Flegel.

– Va trouver le chef du village, ordonna-t-il à Ansel. Et explique-lui que nous sommes prêts à dîner et à écouter ses histoires.

7

Porridge blanc, bouillon noir, salaisons grises. Les villageois apportèrent au chasseur de dragons ce qu'ils avaient de meilleur, mais aussi austère que leur environnement. En cette fin d'hiver, il ne leur restait plus beaucoup de provisions et leur bière éventée laissa un goût de rouille dans la bouche d'Ansel.

— Si nous avions su que vous veniez, nous aurions tué un cochon, déclara le chef du village.

— Tuez-en un demain matin, suggéra Brock en mâchonnant un morceau de vieux mouton coriace. Nous festoierons quand je reviendrai avec la tête du dragon.

Ansel, regardant son maître manger et boire, ne lui trouva pas l'air mécontent. Tout entier rassemblé

51

autour de la petite table dans la cabane de leur chef, le village l'observait. Les habitants avaient formé un cercle et le couvaient des yeux, tandis que les mères poussaient leurs rejetons au premier rang, comme si c'était la première fois que tous voyaient un homme manger. Entre chaque bouchée, Brock leur faisait des sourires encourageants, clignant de l'œil à l'adresse des enfants et dévorant les femmes du regard, tel un renard dans un poulailler. Une fois son assiette terminée, il repoussa la table et étendit ses longues jambes, de sorte que la lueur du feu de tourbe chatoyait sur ses grandes bottes cirées.

– Maintenant, parlez-moi un peu de votre bestiole, dit-il.

Ansel fut déporté sur le côté au moment où les villageois assaillirent le nouveau venu pour lui livrer leur version de l'histoire du dragon. Il y avait chez eux une sorte d'impatience et d'empressement qui déplurent au jeune garçon, de même que l'air sournois avec lequel ils observaient Brock lorsque celui-ci ne les regardait pas, comme s'ils gardaient un secret par-devers eux. Mais peut-être n'était-ce que le fruit de son imagination. En tout cas, Brock ne sembla pas le remarquer. Penché un peu en avant sur son siège, la mine concentrée, il réservait toute son attention à ceux qui lui confiaient leur vision du dragon.

– Il a une tête de chat…

– D'hermine…

– De hibou…

– Il pousse des cris de buse…

– Il a enlevé dix bœufs l'hiver dernier, dans un champ, derrière le village…

– Il a arraché le toit d'une étable pour prendre mes vaches…

– Il a dévoré tous les moutons des alpages, et quand nous sommes allés les chercher, il ne restait plus que des os !

– Frère Flegel m'a dit qu'il avait également emporté un berger, intervint Brock.

Les villageois acquiescèrent.

– Il était monté très haut dans la montagne. Beaucoup trop haut… dit quelqu'un.

S'il avait été dans l'intention de Brock d'attiser leur terreur en évoquant le berger disparu, il aurait été déçu du résultat. Au contraire, l'allusion à cet homme sembla calmer leurs ardeurs et déclencher chez eux une sorte de honte. Ils reculèrent de quelques pas, la tête basse, fixant leurs pieds enveloppés dans des chiffons ou se jetant des regards en coin.

– Cette montagne est peuplée de dragons depuis la nuit des temps, constata Flegel d'un ton contrit.

Ansel avait bien vu que le frère était mécontent que Brock eût détourné à son profit l'attention des villageois, mais lorsque tous les regards se tournèrent enfin vers lui, le moine se rengorgea et enfla comme un crapaud.

– Même l'empereur romain en personne, Marc Aurèle, en franchissant ces cols à la tête de ses légions, a entendu maints récits au sujet de grands serpents vivant sur les sommets. De tous les dragons de toutes les montagnes de toute la Terre, celui qui hante cette montagne-ci est le plus vieux et le plus cruel.

– Eh bien, il ne hantera plus ces lieux très longtemps, répliqua fermement Brock. Dès demain, à la première heure, je m'élancerai vers les sommets, je trouverai votre dragon et je l'exterminerai. Et, afin d'assurer ma victoire, j'emmènerai le frère Flegel avec moi.

Ansel vit Flegel se tourner vers Brock et le regarder fixement d'un air effaré.

– Moi ? couina-t-il. Mais je ne suis qu'un pauvre moine incapable d'entreprendre un tel voyage ; je suis fragile et plein de faiblesses. L'esprit est ardent, vois-tu, mais la chair est faible…

– Sûr que tu en es plein, maugréa Brock en jetant un regard sur la panse du moine.

– Non, non, déclara Flegel. Je reste ici. Mais ne crains rien, mes prières t'accompagneront…

– Dieu t'aidera à grimper, frère, insista Brock avec un sourire taquin. Tes prières n'en seront que plus efficaces si tu peux les lancer à la gueule même du dragon, non ? Que suis-je, après tout ? Rien qu'un homme de guerre qui a un don pour tuer les dragons. Mais si celui-ci est aussi vieux et cruel que vous le dites, j'aurai besoin d'un homme de Dieu à mes côtés.

Les villageois marmonnèrent leur approbation, et Ansel en éprouva une certaine culpabilité. L'espoir attendrissait les traits de ces visages burinés comme du beurre fondant sur une tranche de pain chaud. Ils croyaient à leur dragon, et ils croyaient que Brock et Flegel allaient les en délivrer. Ils en étaient tellement persuadés qu'il était difficile de ne pas être emporté par leur conviction. Ansel oublia tout ce que Brock lui avait appris et commença à partager l'excitation qui parcourait la masure. Mais, lorsqu'il leva les yeux vers Brock, la mémoire lui revint : les dragons, ça n'existait pas.

La pression de la foule le déporta sur le côté, le poussant contre deux jeunes filles. L'une était jolie, l'autre laide. Avides de détails concernant le chasseur de dragons, elles entreprirent Ansel.

– Tu l'as vraiment vu combattre des dragons ? demanda la plus jolie des deux, une blonde aux joues truffées de fossettes, entièrement couverte de broderies, de dentelles et de rubans, tel un paquet-cadeau destiné à Brock. Tu y étais ?

– Il ne peut pas te répondre, dit son amie au nez pointu et au teint brouillé. Tu n'as pas entendu ? Le gamin ne peut pas parler. Le dernier dragon que son maître a combattu était si féroce qu'il a perdu l'usage de la parole rien qu'en le voyant.

– Pauvre gosse, compatit la première en repoussant les cheveux de la figure d'Ansel et lui pétrissant les joues comme un morceau de pâte. C'est vrai ?

Ansel leva les yeux vers elle et hocha la tête, sans oser la démentir. Il ne savait pas si la fille au nez pointu avait inventé ce détail ou si c'était Brock qui le lui avait confié. Il eut l'impression d'être englouti sous un flot de mensonges. Fuyant l'envahissante gentillesse des deux jeunes filles, il se fraya un chemin en direction de la porte, dans la fumée du feu de tourbe et l'odeur âcre des corps.

Il faisait nuit. Les nuages s'étaient dissipés. Suspendu au-dessus de l'épaulement de la montagne, le croc acéré et ivoire de la lune répandait sa lumière blafarde sur les champs enneigés. L'astre scintillait sur le sol gelé entre les cahutes.

Ansel exhala une longue bouffée d'air qui se transforma en volute blanche dans le froid glacial et grimpa vers l'étable à vaches, en haut du village, où se trouvaient Bretzel et Neige, auprès de la vieille rossinante * de Flegel. Depuis qu'un des villageois avait déclaré qu'un dragon avait arraché le toit d'une étable pour enlever une vache, il n'avait cessé de s'inquiéter pour les bêtes, tout en sachant que ce n'était qu'une rumeur. On racontait encore bien d'autres choses dans la cabane, d'où les bruits de voix lui parvenaient encore confusément. En bas, au fond des bois, des loups hurlaient sourdement.

Il arrivait à proximité de l'étable, lorsqu'il entendit un cri d'une autre nature. C'était le même cri interminable et impressionnant que celui de la nuit précédente, mais il était beaucoup plus près cette fois. Les loups l'entendirent aussi ; ils cessèrent instantanément de hurler, tout comme dans la forêt les oiseaux se taisent à la moindre alerte. Qu'est-ce qui pourrait faire peur à un loup ? Ansel leva la tête vers le sommet dénudé de la montagne, scrutant des yeux les pitons baignant sous la lune et cherchant à apercevoir… quoi donc ? Des ailes noires ? une gueule crachant des flammes ? Comment le dragon pouvait-il hurler s'il n'était qu'une légende ?

Pendant quelques instants, il sentit monter la peur de la veille, prête à le submerger de nouveau. Il se raisonna : les dragons, ça n'existait pas. C'est ce que lui avait dit Brock, et qui était-il pour mettre en doute la parole de Johannes Brock ? Ce n'était que le cri d'un oiseau de nuit, une rafale de vent s'engouffrant dans quelque anfractuosité de rocher, là-haut…

Il prêta l'oreille, attendant que le bruit se manifeste de nouveau. Rien. Mais il entendit autre chose, beaucoup plus près. Des sanglots étouffés et de discrets reniflements. Quelqu'un pleurait.

Il se dirigea vers une masure basse d'aspect misérable, devant laquelle il était passé dans la journée en menant les chevaux à l'étable et qu'il avait cru abandonnée et inhabitée. Mais là, dans l'obscurité bleutée, il entrevit un feu rougeoyer par les fentes des murs en rondins. Les sanglots venaient de l'intérieur, douloureux et désespérés.

Ansel souleva la peau de chèvre qui fermait l'entrée. La fumée lui piqua aussitôt les yeux, lui brouillant la vue. Lorsqu'il eut essuyé ses larmes, il découvrit une femme en pleurs, assise auprès de l'âtre, qui le regarda avec surprise. Il était incapable de lui donner un âge. Elle ne devait pas être bien vieille, songea-t-il, mais ses cheveux longs et défaits grisonnaient et le vent des montagnes avait tanné et ridé son visage. Elle avait les yeux rougis, et le nez aussi. Elle essaya de réprimer ses sanglots en le voyant, mais ils jaillissaient malgré elle, la secouant de la tête aux pieds.

Ansel n'était plus en mesure de faire demi-tour ; on aurait dit qu'il avait été harponné par ces yeux noirs et embués.

– Vous arrivez trop tard, toi et ton chasseur de dragons, gémit-elle. Ma petite est partie.

Ansel regarda ses lèvres bouger et se demanda ce qu'elle voulait dire. Le dragon avait-il emporté son enfant ? « Mais ces bêtes-là n'existent pas ! » Était-ce la mère du berger disparu, celui, au dire de Brock, que les bandits avaient tué ? Il secoua la tête. « Je ne comprends pas. Je ne peux pas vous aider. »

– Ils l'ont donnée au dragon, répondit la femme, ou plutôt se lamenta-t-elle, déroulant une plainte entonnée, dont chaque mot était émis un ton plus haut que le précédent, pour culminer en un sanglot étranglé. J'ai remis de l'argent au moine pour qu'il prie pour nous, mais ils ont dit que Dieu nous avait abandonnées, et ils l'ont emmenée dans la montagne et ils l'ont offerte au dragon. Mon bébé, mon enfant…

Ansel secoua de nouveau la tête. Il repensa à la princesse du tableau de saint Georges et essaya de se représenter ces sympathiques villageois enchaînant une enfant, la conduisant dans les rochers et l'y laissant seule, en offrande à la bête. Ils seraient incapables de faire une chose pareille, non ? Pas ce vieux chef de village si gentil ? Pas ces paysans au physique noueux et leurs femmes aux joues rouges ? Puis il songea aux regards furtifs qu'il les avait vu se lancer, et à cette impression qu'ils cachaient quelque chose. Il se souvint des paroles du landgrave. Il fut un temps où le village de Knochen sacrifiait une jeune fille tous les ans afin de faire tenir le dragon tranquille dans ses montagnes. S'ils avaient peur à ce point, et c'était le cas, peut-être n'y avait-il rien dont ils ne fussent capables.

« Eux aussi ont menti, pensa-t-il. Ils n'ont rien dit de ce qu'ils avaient fait. Ce sont des menteurs, comme Brock et moi. »

Ansel avait envie de consoler la femme, mais il ne savait pas très bien comment s'y prendre. S'il avait pu parler, il lui aurait dit qu'il n'y avait pas de dragon, et donc que son enfant n'avait rien à craindre. Mais, naturellement, cela n'aurait pas été la vérité. Il sentait dans son dos la formidable masse glacée de la montagne, là, dehors dans la nuit, qui couvait des blizzards, rêvait de tempêtes. Il entendait de nouveau les loups, hurlant à la lune. Une fillette abandonnée là-haut pouvait échapper aux dragons, mais rien qu'aux dragons…

La femme se remit à pleurer, les coudes sur les genoux, la tête dans les mains. Ansel sortit à reculons, se sentant impuissant devant cet immense chagrin. Il laissa retomber le rideau de peau et courut vers l'étable se réfugier dans la rassurante chaleur des chevaux.

8

Avant l'aube, Ansel bourra leurs sacoches de pain noir et dur, et remplit les outres à la source du village. Devant l'insistance des villageois, Brock accepta d'emporter des perches de frêne et un long rouleau de corde bien solide qu'il fallut ajouter au chargement de Bretzel. Dans les premières lueurs du petit matin blême, Ansel serra les sangles, allongea les étriers et arrima fermement les sacs. Après quoi il retourna à la cabane du chef de village et aida le tueur de dragons à entrer dans sa fabuleuse peau de fer.

Peu importait que l'armure fût recouverte d'une pellicule de rouille, malgré la fréquence et le soin avec lesquels Ansel la nettoyait et l'astiquait. Elle brillait dans la pénombre bleutée de la masure comme un habit de lumière. Ansel lui pardonna son poids des plus pénibles et oublia le nombre de fois où il l'avait maudite sur la route, quand elle ne représentait qu'un fardeau pesant et encombrant. Il regarda Brock mettre son capuchon de peau et, pardessus, sa coiffe rutilante en mailles. Il l'aida à introduire ses bras dans les lourdes manches et attacha leurs lanières à la tunique, avant de refermer sur elles le plastron de l'armure. Les deux protège-cuisses fixés à la taille furent maintenus en place à l'aide de sortes de crochets, à droite et à gauche. Les spalières * s'encastrèrent sur les épaules de Brock, un canon d'avant-bras * fut placé autour de chaque bras. Sur les jambes, afin de ne pas entraver ses mouvements, il ne portait que des braies * cloutées et de grandes bottes. Sur la tête, par-dessus le capuchon en écailles de poisson, son heaume rayonnait comme une auréole lorsque Brock sortit de la cabane et s'avança sur la terre battue, déclenchant une exclamation de stupeur parmi les villageois venus assister à son départ.

Eux aussi s'étaient vêtus pour la circonstance. Ils avaient sorti leurs habits de fête : bonnets du dimanche perchés tels que des papillons sur la tête des femmes et des jeunes filles, tuniques et corsages rutilants dont le demi-jour ne pouvait ternir l'éclat des couleurs. Ils bénirent à voix basse Ansel qui fendait la foule pour rejoindre les chevaux et lui souhaitèrent bonne chance, lui faisant de petites caresses sur la tête et les épaules à son passage mais détournant les yeux dès qu'ils croisaient les siens. Ce dernier se demanda lesquels d'entre eux avaient enlevé la fille de la veuve pour l'abandonner dans la montagne.

Il retint les chevaux pendant que Flegel aspergeait d'eau bénite le visage de Brock en marmonnant quelques mots en latin. Après quoi, ils se mirent tous trois en selle et s'engagèrent au pas sur le sentier pentu, tandis que les villageois s'écartaient sur leur passage.

La femme endeuillée aperçut les chasseurs du seuil de sa misérable masure et se précipita vers eux en tendant la main.

– Emmenez-moi avec vous, messieurs ! dit-elle en saisissant l'étrier de Brock. Ma fille a été donnée au dragon… Il faut que je retrouve ses ossements pour l'enterrer en bonne chrétienne.

– Ne fais pas attention à elle, Brock, lança Flegel. Elle est folle.

Brock jeta un coup d'œil indifférent à la femme. Agitant le pied pour le lui faire lâcher, il enfonça ses talons dans les flancs de Neige qui s'élança au petit trot. Ansel suivit, sans relever la tête, de peur de croiser le regard de la veuve. Il remarqua que Flegel agissait de même. Le moine était-il au courant de ce qu'avaient fait les villageois ? Ou était-ce simplement la peur de la montagne qui le rendait si pleutre ?

Quand le jeune écuyer se retourna, il constata que les hommes s'étaient regroupés autour de la femme et la raccompagnaient, bon gré mal gré, chez elle.

Lorsque les cavaliers eurent franchi la porte située tout en haut du village et entamé leur montée sur le sentier escarpé qui sinuait entre les rochers au-dessus du lac, Flegel demanda d'un ton bougon :

– Je ne comprends pas pourquoi tu m'as obligé à venir.

– Parce que je ne te fais pas assez confiance pour te laisser au village, répliqua Brock.

Les mots claquèrent contre les parois rocheuses qui flanquaient la piste, effarouchant les corneilles qui nichaient dans les buissons en surplomb.

– Et s'il te prenait l'envie de déballer tous les secrets de ma petite entreprise après avoir bu un peu trop de leur mauvaise bière ? C'est mieux ainsi. Et tu pourras toujours chanter mes louanges auprès d'eux quand nous serons redescendus. Le seul inconvénient avec un domestique muet comme le petit Ansel, c'est qu'il ne peut pas raconter mon histoire. Tandis qu'un saint frère… quel meilleur témoin pourrais-je espérer ?

– Tu n'es qu'un vaniteux et un orgueilleux, Johannes Brock ! s'exclama Flegel. Mais plus on s'élève, plus dure sera la chute : péché d'orgueil ne va pas sans danger ! Tu ne me feras pas faire un mètre de plus sur cette maudite montagne. Je reste ici !

Mais Ansel savait qu'il n'en serait rien. L'endroit

était beaucoup trop désolé pour y rester seul, à moins de s'appeler Johannes Brock et de n'avoir peur ni des loups, ni des trolls, ni des brigands, ni du noir. Il pressa Bretzel à la suite de son maître et, lorsqu'il se retourna, constata que le frère les suivait toujours. Le village était déjà loin derrière eux. Les cailloux qui tapissaient les premiers mètres du lac moiraient de reflets pâles les eaux ardoise. Puis la piste franchit un replat de terrain, masquant à leur vue le paysage déjà familier. Brock retira son heaume et sa coiffe de mailles, et les lança à Ansel pour qu'il les ajoute au fardeau de Bretzel.

Ils chevauchèrent en traversant des rafales de vent, de violentes averses et de soudaines éclaircies. Au-dessus d'eux, drapée dans les nuages qui tourbillonnaient autour de sa cime, la montagne leur apparaissait par intermittence. Un ruisseau coulait au milieu du sentier. De temps à autre, ils croisaient une croix ou un cairn au détour du chemin, mais autrement, la région était aussi sauvage et solitaire qu'aux premiers jours de la Création. Les sabots des chevaux dérapaient sur le sol chaque fois qu'affleurait une roche gris-bleu en travers de la piste.

– Au commencement, le monde était tout lisse, leur expliqua obligeamment Flegel qui aimait à partager ce qui lui restait des connaissances acquises lors de son passé de moine. Une sphère parfaite. Elle se devait de l'être, car c'était l'œuvre de Dieu, et comment un Dieu parfait aurait-il pu créer quelque chose qui ne le fût pas ? Mais quand le diable fut chassé du ciel, il heurta la Terre si violemment et s'en saisit avec tant de rage et de détresse, qu'il y laissa des traces profondes et indélébiles ; tel un tapis par ses faux plis, elle fut marquée par les pics terrifiants et les redoutables abîmes qui nous entourent. Rien d'étonnant à ce qu'on imagine que des dragons et des esprits maléfiques hantent de pareils lieux. Toutes les montagnes sont l'œuvre du diable.

– J'aime bien les montagnes, répliqua Brock, imperturbable. J'aime leur silence. Alors cesse tes bavardages et garde ton souffle.

Ils parvinrent à un endroit où la piste se rétrécissait en une corniche de pierre. Sur leur droite, tel un mur, une falaise se perdait dans la brume. Sur leur gauche, un précipice plongeait dans un abîme hérissé de rochers éboulés aussi hauts que les tours d'un château. Les flots blancs et tumultueux d'une rivière bouillonnaient au fond de cette gorge, emplissant l'air de fines gouttelettes et d'un incessant grondement inquiétant. Ils mirent pied à terre et menèrent les bêtes par les rênes, Brock en tête, Flegel au milieu et Ansel derrière, cherchant à rassurer le nerveux Bretzel.

– C'est aussi dangereux que de se battre avec un dragon ! Nous allons nous rompre le cou ! Les chevaux vont s'emballer et nous entraîner vers une mort certaine ! Ce n'est pas juste, Brock ! C'est de la folie ! Les montagnes n'ont pas été créées pour être gravies, et les hommes n'ont pas été créés pour les gravir, ne cessait de pester Flegel.

– Il paraît que Pétrarque a escaladé le mont Ventoux, répondit Brock. Et Moïse, le Sinaï… Le Christ lui-même n'a-t-il pas gravi une montagne ?

– Oui, et le diable l'attendait au sommet et lui montra tous les royaumes de la terre. Je ne tiens pas à rencontrer le diable. Nous sommes allés bien assez loin, Brock, non ? Ne pouvons-nous nous arrêter à présent ?

Un nuage noir recouvrit la montagne d'une épaisse volute et le vent mugit. La grêle leur tomba dessus comme lancée par une fronde et il n'y avait aucun abri à l'horizon. Les chevaux détalèrent, leurs sabots faisant des étincelles sur la roche, tout au bord de l'inquiétant précipice.

– Les villageois ont parlé d'une cabane de berger, là-haut, sous un rocher en saillie. Elle nous servira de gîte. Ça ne peut plus être très loin…

L'averse passa. Le soleil refit son apparition et dessina de nouveau sur les rochers les ombres des deux hommes, du petit garçon et des chevaux. Ils continuèrent leur progression, pas à pas, montant toujours plus haut, passèrent au pied d'un énorme rocher noir dont la plus grande partie était éboulée et les pierres éparpillées sur la pente raide, prêtes à la dévaler à tout moment en entraînant les cavaliers avec elles. Mais dès qu'ils l'eurent dépassé, la piste s'élargit et, les éloignant enfin du bord vertigineux, les conduisit sur une crête où une herbe blanchâtre chuintait dans le vent. Au-delà s'étendait une belle prairie en cuvette, assombrie çà et là par le passage des nuages. En lisière, il y avait des tourbières, et des flaques d'eau étincelaient par endroits au milieu des hautes herbes, tels des éclats de ciel tombés sur la montagne. Un arbre nu et décharné poussait, solitaire, au bord du chemin, plongeant vers le vallon. À ses branches basses, des cordes étaient attachées dont certaines claquaient au vent.

Ansel songea aussitôt à la fillette qu'on avait offerte au dragon. L'avait-on laissée là ? Attachée à cet arbre ? Mais où était-elle donc ? Qu'est-ce qui avait pu sectionner ces grosses cordes et l'enlever ?

Pendant un instant, la peur du dragon s'empara encore de lui, et il voulut attirer l'attention de Brock sur les cordes. Mais le chasseur et le moine avaient continué d'avancer et descendaient la pente herbue vers la prairie. Brock montrait du doigt quelque chose, devant lui, en direction de la paroi rocheuse qui barrait le fond de la vallée. À son pied, parmi les amas de roches accumulées par la nature, on distinguait un empilement de pierres. Un léger halo de fumée flottait à cet endroit.

– C'est la cabane du berger, annonça Brock.

– Il y a du feu ! s'exclama Flegel fébrilement. Quelqu'un est arrivé avant nous !

– À moins que ce ne soit la fumée du dragon… suggéra Brock en riant.

Ils remontèrent en selle. Il y avait un bourbier au fond du vallon, dans lequel Bretzel enfonçait jusqu'aux genoux, mais à part cela, ils progressèrent sans encombre. Des ossements gisaient dans l'herbe jaune et sèche : la longue et noueuse épine dorsale d'un mouton sur laquelle étaient encore accrochées les côtes, telles les dents blanches d'une fourche.

– Je présume que ce n'est pas ton œuvre ? s'enquit Brock.

– Bien sûr que non ! répliqua Flegel. Tu me vois grimper jusqu'ici pour égorger un mouton ? Je t'ai déjà dit que je n'en avais tué que deux, et ils étaient en bas, près du village. C'est un loup qui s'est chargé de celui-là.

L'abri du berger était une grotte naturelle, dont l'ouverture avait été réduite par un muret de pierres sèches, étayée à l'aide d'un vieux madrier rapporté du village et protégée du froid par une peau de bête. L'entrée avait été obstruée, comme barricadée, par deux autres morceaux de bois placés en travers.

Les cavaliers s'arrêtèrent. Quelque chose bougea derrière le rideau. Il y eut des bruits de frottement… Un nuage masqua le soleil, aussi brutalement qu'une porte qui claque, et un courant d'air glacé frôla la nuque d'Ansel.

Brock sauta à bas de sa monture et se dirigea droit sur l'ouverture. Renversant d'un coup de pied les morceaux de bois, il arracha le rideau et fit un bond en arrière en poussant un cri de surprise.

Accroupie dans l'embrasure de la porte basse, une jeune fille regardait fixement Brock d'un air sauvage et affolé, les lèvres retroussées sur ses petites dents jaunes, comme un chien pris au piège. Elle avait un couteau à la main.

9

– Par les os du Christ ! s'exclama Brock. Qu'est-ce donc que cela ?

Comme il n'obtenait aucune réponse, il arracha le couteau des mains de la jeune personne qu'il tira sur le côté pour la jeter sur l'herbe, puis il entra dans la grotte. La fillette, âgée d'une douzaine de printemps, était encore vêtue de ce qui subsistait des habits de fête que toutes les jeunes filles de son village portaient par un beau dimanche ensoleillé. Son bonnet aux ailes de papillon brisées se détacha lorsqu'elle tomba à terre, et le vent l'emporta loin, très loin, par-dessus les pitons.

Brock ressortit de l'abri, le couteau de la fillette à la main.

– Quels imbéciles ! Ils l'ont abandonnée ici, en

offrande au dragon. Doux Seigneur ! Le landgrave m'avait raconté ça. La façon dont, à l'époque païenne, on conduisait dans la montagne une jeune fille pour l'offrir au dragon. Mais jamais je ne les en aurais cru capables de nos jours !

— Je savais bien qu'ils me cachaient quelque chose, dit Flegel, s'efforçant de prendre l'air soudainement frappé par une révélation.

La fille s'était relevée et elle ne quittait pas des yeux les chasseurs de dragons. Flegel tressaillit, tant ce regard semblait insoutenable, brûlant comme des braises.

Brock prit les mains de la jeune fille et examina la morsure que les cordes avaient imprimée sur ses poignets fins.

— Ils l'ont attachée à l'arbre, là-bas, dit Brock, et ils sont repartis en courant à Knochen, sans attendre de voir si le ver venait la chercher. Heureusement pour elle qu'elle avait un couteau ! Elle a dû réussir à couper ses cordes et elle est venue se cacher ici.

— Ne peut-elle nous le dire toute seule ? demanda Flegel. Serait-elle muette, comme le petit ?

— Elle a peur, expliqua Brock.

Il émanait de Brock, qui ne l'avait pas quittée des yeux, un calme qu'Ansel ne lui connaissait pas. Après toutes ces années de prétendues chasses au dragon, leur facilité routinière, il découvrait enfin autre chose. Il était probablement en train de se demander comment tirer parti de la présence de la jeune fille.

– Vous allez mourir, annonça-t-elle soudain, les prenant tous au dépourvu.

Une rafale de vent chargé d'humidité se leva, agitant ses cheveux noirs comme la suie.

– Si vous restez ici, vous mourrez, reprit-elle. Le dragon va revenir.

– Il n'y a aucune crainte à avoir, affirma Brock.

– Brock est un redoutable chasseur de dragons, dit Flegel. Regarde son armure, et l'épée qu'il porte. Il est le soldat de Dieu, envoyé sur terre pour débarrasser cette montagne du monstre.

La fillette considéra l'armure et l'épée d'un air sceptique.

– Elles ne serviront pas à grand-chose, décréta-t-elle. Il est beaucoup trop gros. Il est venu la nuit dernière. À la tombée du jour. Je l'ai entendu gronder et frotter ses flancs contre le mur.

– Un loup, je suppose, dit Brock. Elle a entendu un loup et a cru qu'il s'agissait du ver.

– J'ai déjà vu des loups, messire, protesta la jeune fille avec fougue. Je les connais et ça, ce n'en était pas un. Je l'ai vu qui me regardait entre les pierres. J'ai senti l'odeur de son souffle.

– Il ne pouvait pas sentir plus mauvais qu'elle, railla Flegel.

Mais c'était exact ; toute sa personne dégageait un relent nauséabond dû à la peur. La transpiration et l'urine avaient imprégné ses beaux atours en haillons et s'étaient mêlées à l'odeur âcre de la peau de mouton

73

brute dont elle s'était enveloppée pour se protéger du froid.

Flegel se tourna vers Brock et Ansel.

– Elle est folle. Oui, oui, je m'en souviens maintenant. On me l'avait montrée le jour de mon arrivée au village. C'est la fille de ce berger qui a disparu dans la montagne. Sa mère est toquée, et elle encore plus. On ne peut rien croire de ce qu'elle raconte. Tu te figures qu'ils l'auraient abandonnée là-haut si elle avait eu toute sa tête ? Elle est folle, c'est pour ça qu'ils l'ont choisie pour la sacrifier.

– Et tu n'as pas essayé de les en empêcher ?

– Mais je ne savais pas ! glapit le frère. Elle était là quand je suis arrivé, et le lendemain elle n'y était plus. Je savais que quelque chose les tracassait. Je savais qu'ils gardaient des secrets. Mais je n'avais aucune idée de leur cruel dessein !

Pourtant, il savait. Il avait toujours su. Sa culpabilité s'entendait au son de sa voix et se lisait au fond de son regard furieux et outré.

– Qu'est-ce qu'on va faire d'elle, Brock ? demanda-t-il.

Brock le toisa, les narines frémissantes. Là-haut, vers les sommets, le tonnerre gronda et il commença de pleuvoir.

– Nous ferions mieux de nous abriter, dit Brock. Fais entrer aussi les chevaux. On n'a pas intérêt à les laisser dehors s'il y a des loups dans les parages.

Ansel engagea les chevaux à passer par l'ouverture

du mur. L'avant de la grotte était vaste et haut. Une sorte d'enclos avait été ménagé pour les bêtes, séparé par un muret de l'espace réservé au berger, à l'arrière, où la voûte s'inclinait jusqu'au sol, noircie par la fumée et la suie de multiples feux. Ansel attacha les chevaux et ressortit leur chercher de l'eau dans un seau en cuir, tandis que Flegel et la jeune fille aidaient Brock à remiser les bagages au fond de la grotte.

Au moment où Ansel se dépêchait de revenir du ruisseau, la pluie se mit à tomber à verse, recouvrant le vallon d'un voile mouvant et s'abattant dans l'herbe avec un sifflement aigu. Le tonnerre retentit comme un claquement de porte, répercuté à l'infini par les rochers. La pluie se transforma en grêle, obligeant tout le monde à se serrer au fond de la grotte. Entre les pierres du foyer couvait un feu de racines de bruyère irritant pour la gorge. Des peaux non tannées étaient empilées dans un coin.

– Ça ne me plaît pas, maugréa Flegel. Ça ne me plaît pas du tout. Il n'était pas nécessaire de monter aussi haut, Brock. Et si une tempête de neige se levait et nous bloquait ici ? Nous n'avons que deux jours de vivres devant nous. Que mangerons-nous ? Et la fille ? Elle contrarie tout notre plan, non ? Qu'allons-nous faire d'elle ?

Brock regardait la jeune fille d'un air pensif. Le feu se reflétait sur son armure, sur sa cicatrice argentée et dans ses pupilles sombres et énigmatiques. Il se rappelait tous les récits de chevalerie qu'il avait entendus enfant. Combien il avait rêvé de devenir un jour l'un de ces chevaliers flamboyants qui remportaient des batailles et délivraient les gentes demoiselles des griffes des monstres et des géants. Naturellement, ces rêves avaient été de courte durée. Il avait suffi d'un bref aperçu sur une véritable bataille pour les lui ôter aussitôt de l'esprit. Mais, là, alors qu'il était soudainement contraint de protéger cette jeune fille en pleurs et tremblante, ils refirent insidieusement surface. Exterminer des dragons imaginaires et extorquer par la ruse les maigres pécules des montagnards n'étaient pas des entreprises dont un homme avait lieu de s'enorgueillir. Mais s'il parvenait à délivrer cette demoiselle de la montagne et de ses voisins crédules, le geste serait assez chevaleresque, n'est-ce pas ?

– Pourquoi t'ont-ils amenée ici ? demanda-t-il à la fillette. Pourquoi t'avoir choisie, toi, parmi toutes les filles du village ?

Elle haussa les épaules d'un air malheureux et répondit, les yeux baissés :

– Ils ont prétendu que mon père avait réveillé le dragon, ou l'avait mis en colère, je ne sais plus. Lui, il disait que les dragons, ça n'existait pas. Il disait que ça devait être un gros oiseau, ou quelque animal qui avait son repaire là-haut, et que ça avait donné lieu à beaucoup de fables. Il est monté jusqu'au sommet de la montagne pour savoir où il nichait. Et il n'est jamais redescendu. Peu après, des moutons ont commencé à se faire tuer, et les gens ont entendu le dragon rugir, et tout le monde a dit que c'était la faute de mon père. Ils ont dit que mon père était entré dans sa tanière, qu'il l'avait réveillé et qu'il ne se rendormirait que s'il mangeait la chair de sa chair. C'est-à-dire moi, vous comprenez ? Maman a essayé de les empêcher de m'emmener. Elle a prié pour que le frère, lui là, les arrête. Elle croyait qu'ils l'écouteraient. Elle l'a même payé pour qu'il les arrête. Mais il n'a rien fait.

– Mensonges ! couina Flegel. Tu vois ? Elle est complètement toquée et maintenant elle veut me mêler à ses histoires !

– De toute façon, il n'aurait rien pu faire, ajouta-t-elle en haussant de nouveau les épaules. Ils craignent beaucoup plus le dragon que Dieu. Il les a rendus fous.

– Les dragons n'existent pas, affirma calmement Brock.

– Oh, que si, messire !

Et si Ansel n'avait pas été aussi avisé, il l'aurait crue sans hésiter, tant elle avait l'air sûre d'elle. Mais il lui suffit de se rappeler que Brock en savait beaucoup plus long qu'une petite montagnarde à la cervelle dérangée.

– Je l'ai vu, insista-t-elle. J'ai vu son œil glacé m'observer par la fente du mur. Jaune, il était. Comme une flamme froide.

Soudain, à l'extérieur de la grotte, retentit un

terrible grondement, plus grave et plus long qu'un roulement de tonnerre. Il ébranla le sol de la grotte et délogea des gravillons de la voûte. Tout le monde leva les yeux, troublé par ce bruit, et par les piaffements et ébrouements des chevaux. Brock s'empara de son épée. Flegel fit le signe de croix en marmottant des prières. Ansel imaginait déjà d'énormes pattes couvertes d'écailles écartant les pierres et un museau terrifiant humant l'air, attiré par l'odeur des hommes et des bêtes. Les chevaux hennirent, se bousculant les uns les autres, affolés, renversant une pierre du muret qui séparait leurs quartiers de ceux des humains.

Au-dehors, pendant un temps interminable, les grondements, les éboulements et les vibrations persistèrent avant de s'évanouir petit à petit et de s'achever dans un dernier roulement lointain.

– Éboulement, commenta sobrement Brock, en se détendant et en souriant à la fillette. C'est une satanée vieille montagne, mais aucun ver n'y gîte. C'était un loup qui t'observait, ma petite. Nous ferions bien de réinstaller ces madriers devant l'entrée et d'entretenir ce feu toute la nuit.

10

La jeune fille s'appelait Else, et elle n'avait pas été particulièrement étonnée de se voir emmener dans la montagne par les voisins et attacher à un arbre, en offrande au dragon. Sa bonne étoile l'avait abandonnée bien avant sa naissance et elle ne semblait pas près de se manifester de nouveau.

Tout d'abord, il y avait sa mère ; noiraude comme une Turque, elle n'était pas originaire du village, mais venait de quelque part au-delà des montagnes et exerçait l'activité de colporteuse. Else tenait d'elle ses cheveux bruns indisciplinés et ses épais sourcils noirs qui se rejoignaient en haut du nez.

Et puis il y avait son père. Un homme plutôt brave, qui connaissait les montagnes comme personne, mais qui réfléchissait trop : les idées poussaient dans sa tête comme les mauvaises herbes, ne laissant plus de place pour le bon sens. Tout le monde était au courant de la déveine qui s'acharnait sur cette famille, et sa disparition ne fit que la confirmer. Ils commencèrent par tenir Else et sa mère à distance, au cas où leur malchance serait contagieuse. Le fils du bûcheron, qui vivait dans un village au fond de la vallée et qui contemplait la jeune fille de ses beaux yeux bleus lorsqu'elle se rendait à l'église avec sa mère, n'osa même plus la regarder après cet épisode. Else entendit ce que disaient ses camarades : combien elle était étrange et sombrait facilement dans les rêveries. Quand elle était petite, après avoir gardé les moutons dans la montagne, elle redescendait et racontait qu'elle avait vu passer des anges dans le soleil, audessus des rochers.

Après la mort de son père, il n'y eut personne pour l'aider à réparer le morceau de toit arraché par la bise de janvier. Elle s'escrima seule, perchée sur une échelle, les doigts gourds et bleus par le froid, tout en sentant les regards des villageois rivés sur elle. Elle percevait leurs pensées dirigées vers elle, la nuit, lorsque les cris du dragon résonnaient dans les rochers et que les hommes, incapables de dormir, se demandaient lequel d'entre eux retrouverait ses moutons ou ses vaches égorgés au petit matin.

Elle savait pourquoi ils la regardaient. Elle savait ce qu'ils avaient en tête. Si le sang devait couler de nouveau pour apaiser le dragon, ainsi que cela se passait dans l'ancien temps, si quelqu'un devait être sacrifié à l'esprit de la montagne, affamé et impatient, qui était plus indiqué que la fille de l'homme qui l'avait réveillé ? La chair de sa chair, le sang de son sang. Qui d'autre qu'Else ?

Lorsqu'elle avait vu arriver le moine, elle avait cru que les choses pourraient s'arranger. Sa mère lui avait remis une certaine somme d'or pour qu'il reste au village, ces mêmes grosses pièces d'or qu'elle avait apportées en dot à son mari. Elle avait dit aux voisins, un peu trop convaincue et trop confiante, que les prières du saint homme feraient rentrer le dragon dans sa tanière. Et ils l'avaient accueilli à bras ouverts, naturellement. Toute aide alors était bonne à prendre, de quelque dieu qu'elle vînt. Mais cela ne les avait pas empêchés de jeter des regards furtifs à Else, ni de tenir à mi-voix ces petits conciliabules qui s'interrompaient à son passage. Cela ne les avait pas empêchés de faire irruption chez elle un matin et de l'emmener de force, pendant que le frère Flegel récupérait encore du festin dont ils l'avaient régalé la veille. Les femmes l'avaient littéralement ligotée dans ses habits du dimanche et les hommes l'avaient emportée, comme un paquet, aussi loin qu'ils l'avaient osé. Là, sur l'alpage, ils l'avaient attachée à l'arbre et abandonnée.

Et, jusqu'au moment où ils avaient serré les nœuds et s'étaient dépêchés de partir, trop honteux pour dire quoi que ce soit ou même croiser son regard, et jusqu'à cet instant précis, Else n'avait pas été loin de croire que tout cela était vraiment sa faute. Elle n'était pas très intelligente. Elle vivait au village, tel un poisson dans l'eau, sans rien connaître d'autre. Si tous les voisins accusaient son père d'avoir réveillé le dragon et affirmaient que seule sa mort à elle le calmerait, eh bien, n'avaient-ils pas raison ? Voilà pourquoi elle n'avait pas crié, ni mordu, ni ne s'était débattue lorsqu'ils étaient venus la chercher, et pourquoi, étrangement, elle avait eu si honte des cris et de la résistance de sa mère.

Mais une fois là-haut dans la montagne, avec les branches de l'arbre qui lui labouraient le dos, les cordes qui lui cisaillaient les poignets et le vent qui hurlait à ses oreilles, elle s'était mise à réfléchir. Elle ne méritait tout de même pas ce sort. Elle scruta le ciel, cherchant à repérer les ailes du dragon tandis que le soleil se levait entre les rochers alentour. Et une question terrible commença à la tarauder : Quel effet cela lui ferait-il d'être dévorée vivante ?

En général, dans les histoires, c'était le moment où le prince charmant arrivait à cheval pour tuer la bête, sauver la gente demoiselle et l'emmener avec lui dans son château. Mais il y avait forte pénurie de princes charmants dans ces montagnes. Et si par hasard l'un d'eux avait surgi, son destrier blanc se serait brisé les chevilles, qu'il avait si fines, dans les éboulis, et il n'aurait certainement pas pris la peine de tirer son épée étincelante du fourreau pour sauver une petite paysanne dépourvue de toute beauté. Si Else voulait être sauvée, elle comprit qu'elle ne devrait compter que sur elle-même.

Alors elle se tortilla et se contorsionna jusqu'à dégager une de ses mains de la corde. Puis elle parvint tant bien que mal à sortir de la poche de son chemisier le canif dont elle se servait pour couper des badines lorsqu'elle gardait les moutons. Finalement, ce petit couteau se révéla aussi efficace sur les cordes, bien qu'il lui fallût un temps infini pour venir à bout du chanvre humide, un temps si long qu'Else était certaine que le dragon serait là avant qu'elle ait terminé. Tout en sciant la corde qui enserrait ses chevilles, elle ne cessait de l'imaginer en train de l'observer, attendant patiemment, les pattes croisées et réprimant un bâillement.

Mais il n'en fut rien.

Tout en traversant avec le plus grand mal les pâtures détrempées jusqu'à l'abri du berger, trébuchant sur des carcasses de moutons égorgés, elle guettait les battements d'ailes, l'ombre masquant le soleil ; puis les serres, tels des crocs de boucher, s'enfonceraient dans sa chair et l'emporteraient vers le ciel.

Mais rien ne vint.

Elle atteignit l'abri, courut s'y réfugier, se tapit dans le noir, tremblante, et elle ne le quitta plus. Elle alluma un feu avec des racines de bruyère entassées dans un coin, et mangea les pommes acides et brunes qu'un berger avait entreposées en automne et oublié d'emporter quand l'arrivée de l'hiver avait interdit l'accès aux alpages. Elle écouta le vent souffler et tous les bruits de la montagne. Elle guetta le dragon qui rôdait dehors, attendant qu'elle sorte.

Était-ce la réalité ou quelque chose qui n'était pas tout à fait réel ? Comme ces magnifiques anges dorés qu'elle avait vus danser au-dessus de la montagne quand elle était petite ? Ne sachant trop que penser, elle décida que le plus sûr était de ne plus jamais quitter cette grotte.

À présent, toujours tapie dans son coin, elle suivait des yeux Johannes Brock qui préparait le feu avec son petit domestique mutique et elle observait le pitoyable frère Flegel qui s'évertuait à éviter son regard. Au début, elle s'était demandé si Brock pouvait être considéré comme l'un de ces princes charmants. Mais il n'était pas si charmant, ni prince, et, bien que son épée fût superbe et étincelante, Else ne la voyait pas entamer le moins du monde une bête aussi grosse que celle qu'elle avait entendue la nuit frotter ses flancs caparaçonnés contre les parois de son refuge.

Elle était néanmoins très contente qu'ils soient là, lui et ses singuliers compagnons.

Peut-être parce que, quand la bête reviendrait, ce serait l'un d'eux qu'elle choisirait de dévorer à sa place.

Elle sombra dans le sommeil et Brock la regarda dormir, se demandant que faire d'elle. S'il la ramenait à Knochen, elle éventerait toute l'affaire et dirait aux villageois qu'il n'avait tué aucun dragon sur l'alpage.

S'il avait été un autre genre d'homme, il se serait arrangé pour qu'elle ne redescende jamais de cette montagne. Il lui aurait été assez facile de lui trancher la gorge et de l'enterrer sous un pierrier, où l'on n'aurait jamais retrouvé son corps. Il lui aurait été facile de répondre, si on lui avait posé la question, qu'elle avait dû être dévorée par le dragon. Mais Johannes Brock n'avait jamais fait de mal à qui que ce soit. Quand il était jeune, partant à la guerre pour la première fois, il avait rêvé de pourfendre les ennemis de Dieu, mais le jour où il s'était retrouvé pour de bon au cœur d'une bataille, avec l'odeur du sang, les cris des blessés et des cadavres partout, un changement s'était opéré en lui. Il avait été incapable de se servir de son épée, pas même pour se défendre. Il avait survécu au combat simplement parce que aucune lame ni flèche n'avait transpercé son armure.

Après quoi il était parti tout seul à cheval, trop ébranlé pour se confronter à ses frères d'armes ou même pour retourner sur ses terres et justifier sa lâcheté auprès de sa famille. Au lieu de quoi, il passerait sa vie à errer de lieu en lieu et finirait par chasser les dragons, combattant des ennemis qui jamais ne saignaient ni ne demandaient grâce, pour la bonne raison qu'ils n'existaient pas. Il ne songea donc pas un seul instant à réduire Else au silence d'un coup de couteau.

Il conclut que ce serait en revanche très frappant pour les esprits de ramener la jeune fille à Knochen. Peut-être serait-elle même d'accord pour cautionner son récit. Elle n'avait aucune raison d'estimer ses voisins après tout ce qu'ils lui avaient fait subir et elle serait probablement ravie de l'aider à les berner.

Else dormait. Ansel également et Flegel aussi, ronflant comme une scie à bois. Les chevaux dormaient debout, en laissant pendre leur tête. Brock s'enveloppa du mieux qu'il pût dans son manteau de voyage, cala sa tête contre la sacoche qui contenait le crâne emmailloté, et il ne tarda pas à sombrer à son tour dans le sommeil. Si quelque animal hurla cette nuit-là, rôdant dans la montagne, il passa inaperçu, couvert par le mugissement de la tempête.

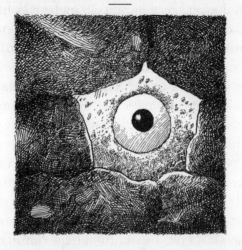

11

Ansel se réveilla au son des incessants ébrouements et hennissements des chevaux. Plus un souffle
de vent. La lumière grise du petit matin pénétrait par
les fentes du mur, à l'entrée de la grotte. La tempête
s'était calmée au cours de la nuit.

Il se leva. Les autres étaient allongés près de l'âtre,
là où ils s'étaient endormis la veille. Flegel ronflait
toujours grassement, si profondément enfoui sous ses
couvertures et ses peaux de bêtes que seules ses bottes
rouges dépassaient. Else s'était glissée dans une encoi-
gnure de la grotte devant laquelle elle avait tendu
une peau de mouton pour se protéger du froid ou des
regards du dragon, ou de ceux de Brock et de Flegel,
ou de tout cela à la fois.

Ansel se leva et s'étira, après quoi il marmotta silencieusement sa prière matinale. Les cailloux sur lesquels il avait passé la nuit lui avaient bourrelé le corps. Il était perclus de douleurs et avait envie d'uriner, mais la présence d'Else, même endormie, le gênait. Et si elle se réveillait ?

À l'avant de la grotte, les chevaux piaffaient et s'ébrouaient avec impatience, tirant sur leur longe. Ansel songea que ce lieu devait leur paraître incongru. Il alla les calmer, leur flattant l'encolure, caressant le poil soyeux de leur long museau. Ils se frottèrent contre lui, enfouirent leurs larges naseaux au creux de son cou et mangèrent les touffes d'herbe sèche qu'il leur offrait, mais sans rien perdre de leur nervosité. Il les dépassa, entrouvrit le rideau qui fermait l'entrée de la grotte, s'assura qu'aucun loup ne l'attendait et sortit.

Le soleil éclairait la prairie et tous les rochers qui la surplombaient. Au cours de la nuit, la pluie s'était transformée en neige. Des franges et des balafres d'un blanc aveuglant parsemaient l'herbe brune. Plus haut, sur les rochers et les crêtes, tout était d'une blancheur éblouissante. La Terre semblait au premier jour de sa création.

Ansel s'aventura dans un amas d'énormes blocs de pierre à quelques pas de la grotte. Des corneilles s'envolèrent, abandonnant momentanément une carcasse de mouton, et tournoyèrent en craillant. Leurs ombres passèrent au-dessus des roches tandis qu'Ansel ouvrait son pantalon et contemplait le filet jaune et fumant s'écouler entre ses bottes. Il était en train de se rhabiller quand une pierre tomba quelque part dans son dos, rebondissant à grand bruit le long de la paroi d'un des pitons qui encerclaient le vallon. Elle fut suivie de peu par une plaque de neige qui glissa en chuintant. Ansel se retourna sans réfléchir. Son regard remonta en direction d'un escarpement moussu, puis vers le pic d'où s'était détachée la pierre.

Un animal y était perché, qui l'observait.

Ansel examina la créature et essaya de lui trouver un nom. Il s'efforça de faire correspondre l'apparence de ce qu'il avait devant les yeux à celle des animaux qu'il connaissait. « Un lézard ? Un oiseau ? Un corcodrile ? Peut-être mes yeux me jouent-ils simplement un tour ? »

(« C'est un dragon », lui murmurait son cœur, d'une petite voix discrète pour l'instant. Mais les dragons, ça n'existait pas…)

Son crâne était tout différent de celui qui se trouvait dans la sacoche de Brock. Il avait une tête courte en lame de couteau, recouverte d'écailles rigides et noires ; les arcades sourcilières, ourlées de piquants, évoquaient les écailles dures des pommes de pin. Le sang pulsait sous les replis de sa gorge de serpent. Il était aussi gros qu'un petit cheval et avait le corps cuirassé d'écailles, plus longues sur les épaules, les flancs et les ailes. Elles étaient si longues qu'elles ne ressemblaient plus vraiment à des écailles, mais plutôt à des plumes qui se soulevaient sans bruit dans le vent. Les ailes, repliées sur son thorax, étaient pourvues aux extrémités de trois serres bleu-noir qui luisaient sombrement comme du verre. Les griffes, plus grosses, de ses pattes s'agrippaient au bord du rocher.

« C'est un dragon », voilà ce que tout son corps disait à Ansel. « C'est un dragon », lui soufflaient aussi les petits poils qui se hérissaient sur sa nuque.

Un grondement sourd s'éleva, sorti des profondeurs du poitrail de la bête, sorte de caisse de résonance. L'animal fixa sur lui un œil jaune soufre. Il ouvrit la gueule, découvrant des dents aussi blanches et pointues que des stalactites, et une langue telle une pique rose. Au moment où la bête s'élançait vers lui de son perchoir, Ansel vit se déployer sa longue queue dans son sillage, zébrée comme celle d'un serpent et ornée de plumes.

Le garçon battit en retraite, courant parmi les rochers, trébuchant à chaque pas, éparpillant les ossements des moutons, écrasant sous ses bottes les côtes blanchies par le temps. Puis il obliqua et grimpa vers l'abri. Il entendait la chose le poursuivre. Le vent bruissait dans ses étranges plumes. Une ombre passa à toute vitesse au-dessus de sa tête et déploya ses ailes noires sur le mur de la grotte au moment où Ansel se précipitait dans l'ouverture basse, laissant se rabattre le rideau de peau derrière lui. Il tomba en avant, la tête la première, déclenchant une confusion de ruades et de hennissements parmi les chevaux, rendus fous par la violente odeur de bête sauvage qui avait pénétré dans le refuge en même temps que lui.

– Ansel ? s'enquit Brock, réveillé, en se redressant et en massant ses membres endoloris par la nuit.

Quelque chose vint frapper la paroi de la grotte comme une bourrasque de vent ; grattements de griffes, crissements d'écailles raclant la pierre suivis d'un long cri aigu de frustration animale.

– Mon Dieu ! s'écria Brock.

Il se jeta sur son épée et la tira du fourreau. Flegel se réveilla à son tour et demanda ce qu'il se passait. Else ouvrit les yeux, dans l'obscurité de sa cachette. Les chevaux hennissaient avec virulence, accompagnés par un cri, beaucoup plus strident et haché, comme celui d'un gigantesque oiseau de malheur.

– Au nom du Christ, qu'était-ce ? demanda Brock hébété, dos au mur et l'épée brandie.

– Un loup ? suggéra Flegel, presque avec espoir.

« Dragon ! » articula Ansel, se relevant tant bien que mal tout en évitant les coups de sabot et le crottin des bêtes affolées.

Il mima le vol d'un oiseau en agitant frénétiquement les bras ; il essaya de leur représenter ses énormes mâchoires, ses serres, sa queue emplumée. « DRAGON ! » Mais Brock et Flegel ne comprenaient rien à ses gestes. Seuls les chevaux savaient, le bousculant et le ballottant de droite et de gauche, dans leur frénésie à vouloir s'échapper au plus vite de cette grotte infestée par l'odeur pestilentielle du dragon. Bretzel se libéra de sa longe et s'enfonça dans les profondeurs de l'abri, renversant de nouveau Ansel sur son passage.

Quelque chose de dur raclait le mur extérieur de la caverne. Les rais de lumière qui filtraient par les interstices entre les pierres s'éteignirent les uns après les autres. Au milieu des hennissements des chevaux, du flot continu des jurons proférés par Brock et des jérémiades de Flegel, Ansel crut percevoir un souffle puissant et rugissant. Accroupi sur le sol labouré par les sabots et jonché de crottin, juste derrière le mur, il vit l'œil jaune soufre qui l'observait par une fente. La pupille noire s'élargissait à mesure que la créature plongeait son regard dans les profondeurs de la grotte. Ansel, cloué sous le faisceau d'un rayon de soleil tombant en biais d'un petit orifice en hauteur, vit son visage s'y refléter ainsi que le trou noir de sa propre bouche grande ouverte, désespérément muette.

Tel un violent coup de poing asséné contre une porte, la créature affamée se jeta contre le mur. Les pierres tremblèrent en crissant les unes contre les autres. Des débris de mousse sèche, fourrés dans les anfractuosités pour colmater les courants d'air, s'éparpillèrent en pluie autour d'Ansel pétrifié. Incapable de faire un mouvement, il avait l'impression d'avoir pris racine. Il ne pouvait qu'attendre là où il était, et regarder la bête qui reculait légèrement pour mieux frapper de nouveau. Avec plus de violence cette fois. Toute la paroi s'ébranla. Une pierre du haut, assez grosse, se détacha et tomba avec un bruit mat non loin d'Ansel. Le soleil pénétra aussitôt par le trou qu'elle ouvrait. Le coup suivant déclencha une petite avalanche de pierres qui dégringolèrent le long du mur, à l'extérieur, et firent reculer d'un bond la bête dans un grognement.

Une main puissante saisit Ansel par le bras et le tira en arrière. Le jeune garçon leva les yeux : Brock.

– Qu'est-ce qu'il y a dehors, Ansel ? Dis-moi la vérité !

« Dragon ! »

Cette fois, Brock comprit. Peut-être avait-il déjà deviné, de sorte que ce fut pour lui plus facile de lire sur les lèvres d'Ansel. Il tourna la tête vers l'entrée de la grotte, davantage éclairée depuis qu'un certain nombre de pierres s'étaient écroulées du haut du mur.

– C'est impossible ! affirma-t-il. C'est impossible ! Un tel animal n'existe pas...

Le dragon semblait vouloir prouver le contraire à Brock, car il choisit ce moment précis pour passer la tête par le rideau de peau qui cachait l'entrée. Il avait des yeux aussi gros que des œufs, aussi jaunes que leur jaune, une gueule ouverte démesurément et un rugissement qui envahit la grotte. Ansel se boucha les oreilles des deux mains. Il vit Flegel faire de même. Au fond, Else tremblait de tout son corps sous sa peau de mouton. Quand le rugissement cessa,

Ansel entendit le cri persistant de la jeune fille, plus aigu et ténu que le hennissement des chevaux. Le hongre * de Flegel, qui avait réussi à rompre son licol, alla se réfugier auprès de Bretzel au fond de la grotte, tête dressée, oreilles couchées, yeux exorbités et terrorisés.

Neige, la jument de Brock, toujours attachée, tournait sur elle-même, ruant des sabots arrière pour chasser le dragon. Elle réussit à atteindre son museau écailleux, lui rejetant la tête sur le côté. L'animal émit un sifflement de douleur et chercha à la mordre, mais son corps était trop volumineux pour passer par l'ouverture. Il recula, et le rideau de peau retomba en place.

Pendant quelques instants, il n'y eut plus de bruit, ou plutôt moins de bruit. Neige s'ébrouait et piaffait. Flegel gémissait. Else cessa de crier et, de sous sa peau de mouton, risqua un regard signifiant « Je vous l'avais bien dit ». Brock contempla son épée, comme s'il cherchait à la mesurer face à l'arsenal de crocs acérés que possédait le dragon.

– Tu m'avais dit que les dragons, ça n'existait pas, Brock, fit sombrement remarquer Flegel. Tu as toujours dit que ces bêtes-là n'existaient pas…

Brock se secoua. Il était très pâle, et son épée tressautait au rythme de ses mains tremblantes.

– Ils disaient la vérité, ces villageois. Ce n'étaient pas les idiots que nous imaginions, déclara-t-il d'un ton calme et songeur.

– Mais tu as dit que…

Le dragon se jeta contre le mur avec toute la puissance d'un bélier. La lumière du jour inonda la grotte à mesure que s'écroulaient les grosses pierres. L'une d'elles atteignit Neige à la base de la queue, et la jument s'effondra en poussant un hennissement déchirant avant de lutter pour se remettre sur des jambes qui refusaient de lui obéir. Le dragon introduisit la tête et les membres antérieurs dans la brèche qu'il venait d'ouvrir. Brock s'élança vers lui en jurant, l'épée brandie, mais le cheval de Flegel, en se cabrant de terreur, lui envoya un coup de sabot qui le projeta sur le côté. Les mâchoires du monstre se refermèrent comme des cisailles sur l'encolure de Neige. Sa tête plongea en avant, le regard fou, une écume rouge à la bouche. Le dragon lui sectionna la colonne vertébrale d'un unique coup, sec et impatient. La jument frémit, puis se fit soudain lourde et inerte, la tête ballante et les jambes emmêlées, tandis que l'immonde bête s'acharnait sur elle pour la tirer à l'extérieur.

Brock se releva et hurla quelque chose en agitant son épée.

Flegel était debout lui aussi, estimant peut-être qu'il n'avait rien à craindre tant que la bête finissait de dévorer la jument de Brock. Il leva la main, deux doigts levés, deux baissés en signe de bénédiction, faisant appel à Dieu et à tous les saints pour les délivrer de la créature diabolique.

Le dragon ne prêta attention à aucun d'entre eux. Il traîna le cadavre de la jument un peu plus bas dans la pente et se percha délicatement dessus, dépliant sa longue queue afin de pouvoir garder l'équilibre tout en se repaissant. Il lacéra la carcasse à coups de dents et de griffes, et plongea son museau goulu à l'intérieur. Les entrailles de Neige fumaient dans le soleil.

Brock escalada les vestiges du mur. Ansel se précipita vers les sacoches pour y prendre la coiffe et le heaume de son maître, puis courut après lui, terrorisé, mais curieux de voir la suite des événements. Il remit entre les mains de Brock son équipement que ce dernier prit en maugréant et posa sur sa tête sans quitter le dragon des yeux. Puis il s'avança, sous le regard d'Ansel. Le dragon s'arrêta de manger un instant et les observa. Sa tête n'était plus qu'une lame ensanglantée. Brock et Ansel ne semblaient pas l'intéresser. Il retourna à son repas, et les bruits qu'il faisait en broyant et en mastiquant la jument résonnèrent entre les escarpements.

– C'est mon cheval ! s'écria Brock. C'est mon cheval, sale ver !

Il dévala la pente dans son armure miroir : soleil et sang. L'épée tournoya pour frapper. Le dragon, avec une sorte de grâce nonchalante, fit un léger bond de côté. D'un seul battement de ses ailes improbables, il se propulsa à une dizaine de mètres. Il se tapit sur un rocher, la tête baissée, la queue pointée, telle une lance de cavalerie, ses grosses pattes cuirassées largement écartées. Alors il rugit, et son rugissement retentit dans toute la montagne, faisant s'égailler toutes les corneilles sur plus d'un kilomètre à la ronde.

Brock s'élança de nouveau. Cette fois, la bête fondit sur lui. Effrayée par le reflet de l'épée, elle obliqua sans le mordre, mais, dans le mouvement, sa queue heurta violemment l'homme entre les épaules, le jetant dans l'herbe.

– Brock ! hurla Flegel qui suivait la scène de la grotte.

Brock roula sur lui-même. Il avait lâché son épée. Ansel courut, la ramassa, étonné par son poids, et la traîna jusqu'à son maître.

– Bien joué, dit le chasseur de dragons en reprenant son arme et en repoussant l'enfant derrière lui.

Mais, cette fois encore, ils n'intéressaient plus le dragon. Perché sur ses longues pattes, ses ailes repliées et ses membres antérieurs griffus dressés devant son poitrail, il retourna tranquillement vers sa proie. Ansel et son maître le regardèrent déchirer la dépouille de la jument, levant la tête de temps à autre pour avaler un morceau plus gros que les autres et posant sur eux par intermittence ses yeux jaunes. À un moment, il s'interrompit, leva la queue et émit un pet sonore. Lorsqu'il ne resta plus de la pauvre Neige que les os, les tendons et sa peau dégarnie de toute chair, le dragon s'envola brusquement à tire-d'aile dans le vallon. Il volait maladroitement, comme si cela ne lui était pas naturel. Après chaque battement d'ailes, il donnait l'impression d'être sur le point de chuter, jusqu'à ce que le battement suivant, lourd et laborieux, lui redonnât de la hauteur. Au bout d'un certain temps, les rochers dénudés finirent par le cacher à leur vue.

Ansel regarda Brock. Brock regarda Ansel. Pour une fois, le chasseur de dragons semblait aussi muet que son petit serviteur. Seuls les cris rauques des charognards tournoyant au-dessus des reliefs du repas abandonnés par le dragon vinrent troubler le silence.

12

Brock planta son épée dans le sol et s'assit à côté, faisant crisser toutes les lanières de cuir et les attaches de son armure. Ansel s'éloigna de quelques pas et vomit dans l'herbe frémissante. Il avait le vertige et se sentait tout étourdi. Le fait même de marcher lui paraissait étrange. Le vallon, la montagne, tout semblait identique à la veille, mais le monde avait changé. Il n'avait jamais véritablement cru aux dragons. Avant même que Brock ne lui confie ses secrets, du temps où Ansel avait si peur des dragons que son maître prétendait chasser, il n'y croyait pas vraiment. Il s'était représenté les dragons tels que dans les livres de contes. Jamais il n'avait imaginé leur odeur pestilentielle, la saillie des os et le relief des muscles qui ondulaient sous leur peau écailleuse, leur présence sauvage et animale.

Une plume plana, portée par le vent jusqu'à lui. Ce n'était pas une plume de corneille. Trop longue, trop rigide, trop fuselée. La penne qui la retenait à la chair du dragon était noire, et dure comme du silex. De toute sa vie, jamais il n'avait entendu parler de plumes de dragon, ni songé qu'elles pussent exister.

Flegel passa en courant devant lui, les yeux rivés sur le ciel afin de s'assurer que la bête ne revenait pas.

– Brock ! hurla-t-il. Brock ! C'en était un ! Tu m'avais dit que les dragons n'existaient que dans les histoires !

Brock le regarda.

– C'est ce que je croyais, dit-il. Jamais je…

Brock tourna la tête en direction des rochers, là où avait disparu le ver. Il faisait ce qu'Ansel avait fait la première fois qu'il lui était apparu, cherchant à tout prix à faire entrer cette créature, telle qu'il se la rappelait, dans une catégorie quelconque, mais plus vraisemblable, plus naturelle ; un lézard ou un gigantesque oiseau, par exemple. Mais c'était impossible : Johannes Brock, lui qui avait parcouru des contrées lointaines, visité la ménagerie du duc et croisé des caméléopards tachetés et des licornes en armure, n'avait jamais vu pareil prodige en dehors des livres d'images. Il secoua la tête, hébété, et s'efforça de reconstruire son monde autour de cette nouvelle réalité.

– C'était un *dragon*, Ansel ! Dieu miséricordieux, c'était un vrai ver, bel et bien vivant ! Il a dévoré Neige ! Pauvre Neige...

Ils contemplèrent d'un air songeur l'endroit où l'animal s'était posé, la dépouille écartelée de la jument et la mare de sang que la terre absorbait peu à peu.

– Je me demande pourquoi il n'a pas craché son feu sur nous, s'étonna Brock.

– Ce sont mes prières qui l'en ont empêché, répondit Flegel. Il t'aurait sans aucun doute massacré s'il ne m'avait pas entendu implorer le Christ et la Vierge Marie.

– Alors, comme ça, c'est toi qui m'as sauvé ? railla Brock en lui jetant un coup d'œil. Je me demande bien pourquoi tu n'as pas demandé à Notre Seigneur de le tuer net pendant que tu y étais !

– Un pêcheur comme moi ne peut guère faire plus contre les forces du mal, Brock. Oh, Brock ! dépêchons-nous de redescendre de cette montagne avant qu'il ne revienne !

– Redescendre ? répéta Brock qui semblait ne pas avoir écouté.

Il était en proie à une excitation qu'il n'avait plus ressentie depuis que, jeune homme, il était parti guerroyer, la tête pleine de récits fabuleux. Or, les uns après les autres, ceux-ci s'étaient révélés mensongers. La chevalerie et l'amour, la miséricorde de Dieu, rien de tout cela n'était autre chose que des fables, des fables racontées par des idiots à seule fin de tenir leurs peurs à distance. Et il avait cru que les monstres aussi en faisaient partie, jusqu'à ce qu'il vît son dragon. Il se leva et contempla les rochers escarpés derrière lesquels l'animal avait disparu et songea : « Je l'ai affronté. Je ne suis pas un lâche. Je l'ai affronté, et si je le rencontre de nouveau et que je suis prêt, je pourrai le tuer. Je pourrai enfin être Brock, le pourfendeur de dragons. »

Et imaginer son épée s'enfonçant dans le cœur de la bête déclencha en lui une sorte de réminiscence, à la fois étrange et douce. Était-ce à cette mission que le destinait Dieu ? Il passa rapidement en revue tous les concours de circonstances et les mauvais choix qui l'avaient amené jusqu'à ce jour et ce lieu précis, et se demanda si tout cela avait finalement un sens. Johannes Brock, chevalier du Christ, luttant contre les forces du mal…

– Brock ? dit le frère Flegel.

– Il m'a eu par surprise, déclara Brock en se retournant. La prochaine fois, je serai prêt.

– La prochaine fois ? gémit Flegel, sautillant d'un pied sur l'autre, transpirant de peur. Brock, grâce à Dieu nous avons échappé à ses mâchoires. Ce serait pure folie que de retourner le chercher ! Redescendons de cette maudite montagne. Et, une fois en bas, trouve-toi quelques solides gaillards si tu veux combattre cette créature.

Brock réfléchit un instant.

– En effet, une lance ne serait pas inutile, reconnut-il. Ou un gros épieu, du genre de ceux qu'on utilise pour les sangliers. Des chiens louvetiers et des hommes pour m'aider à le dépecer ou pour redescendre sa dépouille dans la vallée…

– Voilà une idée des plus sages ! s'empressa d'approuver Flegel. Reviens avec des chasseurs, des chiens et des charrettes. Emmène des prêtres. Emmène l'évêque. Emmène l'armée s'il le faut. Mais pas moi ! Allez, redescendons, Brock.

Mais Brock ne bougeait pas et contemplait toujours les rochers.

– Les histoires disaient vraies, Flegel. Elles étaient toutes vraies…

Ansel laissa les deux hommes et retourna vers le refuge tout en jetant de fréquents coups d'œil en l'air. Plus jamais il ne se fierait au ciel. Il essaya de ne pas penser à Neige et préféra songer à la jeune fille, Else, que Brock aurait dû croire. Elle n'était toujours pas sortie de la grotte. Ansel se fraya un chemin à travers les éboulis du mur et gagna le fond de l'abri, caressant au passage les deux chevaux tremblants qui s'y étaient réfugiés, serrés l'un contre l'autre, aussi loin que la hauteur de la voûte le leur permettait. Lorsqu'il les eut suffisamment apaisés, il put enfin s'approcher d'Else, qui lui jeta un regard prudent du fond de sa cachette.

– Je t'avais dit qu'il existait pour de vrai, dit-elle.

Ansel battit des bras et leva le doigt pour lui signifier que le dragon était parti. Elle avait déjà compris, à la façon dont Brock et Flegel discutaient dehors, que personne n'avait été dévoré, mais elle ne bougea pas davantage. Dès qu'elle fermait les yeux, elle voyait la gueule ouverte et menaçante, et les dents pointues. Le dragon s'était imprimé sur sa rétine comme le soleil.

Au bout d'un certain temps, Brock et Flegel rentrèrent dans la grotte. Apparemment, Flegel avait eu le dernier mot.

– Nous redescendons, annonça Brock.

Se campant face à l'ouverture, il scruta les rochers tandis qu'Ansel s'empressait de rouler les couvertures et de ranger les sacoches. Se faire seller sembla rassurer quelque peu les chevaux ; ils ne bronchèrent pas trop lorsqu'il les conduisit à l'extérieur. Un gros flocon noir voltigea au-dessus de sa tête, mais ce n'était qu'une corneille.

À cause de la mort de Neige, Brock dut monter le canasson de Flegel qui, lui, monterait Bretzel. Ansel ne ressentit aucune amertume particulière à devoir les suivre à pied. Après tout, il n'était qu'un petit domestique, et cela était dans l'ordre des choses. Tout ce qui lui importait, c'était de quitter au plus vite cette montagne. Il retourna dans la grotte pour prévenir Else de leur départ. Elle le regarda d'un air sceptique mimer des deux mains la descente à cheval et la route escarpée, avant de se laisser convaincre.

– Pourquoi ne parles-tu pas ? demanda-t-elle à brûle-pourpoint.

Ansel, qui n'avait pas de geste pour répondre à cette question, haussa les épaules en ouvrant les mains.

Else éternua. Elle était tout endolorie et égratignée après son séjour au fond de ce trou de souris. Ses habits de fête en haillons, roidis par l'humidité, lui faisaient comme une armure. Elle se déroba au contact de la main d'Ansel qui voulait l'aider à traverser le tas de pierres. Ignorait-il qu'elle était une fille de la montagne, habituée à franchir des éboulis bien avant qu'il ne soit né ? Peut-être était-il non seulement muet mais aussi simple d'esprit…

Son agacement réussit presque à lui faire oublier le dragon, jusqu'à ce qu'elle se retrouve à l'air libre, éblouie par le soleil. Elle avait également oublié combien le ciel était immense. N'était-il pas impossible de le surveiller sans relâche d'un seul regard ? Et quand bien même le pourrait-on, il y avait tant de rochers et de nuages derrière lesquels un dragon pouvait se cacher…

Elle frissonna et, afin de faire croire à Ansel que c'était à cause du froid, elle s'enveloppa dans la peau de mouton qu'elle avait prise avec elle en quittant la grotte, puis en noua les extrémités sur sa poitrine, comme un châle. La brise soulevait la laine graisseuse. Elle imagina l'odeur du suint portée par le vent jusqu'aux naseaux du dragon, où qu'il se trouvât.

Il allait revenir, elle en était persuadée. À présent qu'il avait trouvé de la nourriture dans la grotte, il reviendrait en chercher. Il était donc préférable de redescendre dans la vallée avec le chasseur, son domestique et le moine ; de redescendre avec leurs chevaux. Le dragon s'attaquerait en premier aux chevaux, ensuite aux hommes. Il y avait des chances, avec tout ce monde pour faire diversion, pour qu'elle rentrât saine et sauve chez sa mère.

Que ferait-elle alors, où iraient-elles toutes les deux ? Elle était incapable d'y penser. Tant qu'elle était dans la montagne, il n'y avait plus de place dans sa cervelle pour ce genre de réflexions : le dragon l'occupait tout entière, sans laisser le moindre espace pour penser à autre chose qu'au moyen de lui échapper et à son sort si elle n'y parvenait pas. Quelle impression cela lui ferait-il d'être attrapée et déchiquetée comme cette pauvre jument...

Brock et Flegel ne les avaient pas attendus et ils s'étaient déjà mis en route. Else et Ansel s'élancèrent à leur suite, sans cesser de jeter des coups d'œil vers les sommets, effrayés par la moindre ombre et chaque rocher ensoleillé de forme un peu étrange. Mais Ansel se dit que le dragon devait être repu. À présent qu'il avait dévoré l'infortunée Neige, il allait probablement dormir pendant des heures, voire pendant des jours. D'après ce qu'il avait pu apercevoir, ce n'était qu'un énorme animal féroce. Lorsqu'il l'avait regardé au fond des yeux, il n'y avait lu que la faim, pas le moindre signe d'intelligence ni de langage articulé. Ce n'était en rien quelque monstre surnaturel des montagnes. Ni Lucifer sous une apparence de lézard.

Rien qu'un animal, et cela signifiait donc qu'Ansel était à même de prévoir son comportement et ses réactions. Et ils ne seraient certainement pas fort différents de ceux d'un chien ou d'un chat, ou de ce vieil ours pelé que des montreurs de foire avaient un jour exhibé dans la taverne de son père pour le faire danser. Une fois rassasié, il dormirait.

Mais Ansel ne savait comment expliquer cela à Else sans l'aide de mots.

Ils rattrapèrent les cavaliers dans le vallon bourbeux, au fond duquel serpentaient des ruisselets. Else traversa l'herbe drue de la tourbière marécageuse en sautant de pierre en pierre, suivie par Ansel, tandis que les chevaux, nerveux, avançaient enfoncés jusqu'aux genoux, soulevant de leurs sabots, avec un bruit de succion, des gerbes de boue noire. Ils se dirigèrent de conserve vers la crête et l'arbre solitaire auquel les villageois avaient attaché Else, tellement occupés à scruter les sommets qu'ils ne s'aperçurent même pas de la disparition de l'arbre.

13

Ansel fut le premier à comprendre ce qui s'était passé. Devançant tout le monde, il s'élança en courant sur la piste tracée par les moutons jusqu'à l'emplacement où se trouvait l'arbre peu de temps auparavant. Il avait disparu, et avec lui la moitié du rocher qui le surplombait. De la terre fraîchement retournée et des roches éboulées jonchaient la pente en contrebas. Des amas de pierres, parmi lesquelles un roc de granit de la taille d'un petit bateau, avaient enseveli l'étroit sentier qu'ils avaient emprunté la veille. La façon dont une montagne pouvait à ce point se transformer en un si bref laps de temps surprit Ansel. Il avait toujours pris les montagnes pour des éléments stables, solides et immuables.

Mais l'eau et la glace avaient fait leur œuvre de sape sur les roches depuis la naissance du monde, et la pluie de la veille avait achevé leur travail. « Un éboulement », songea Ansel, se rappelant le fracas qu'ils avaient entendu au cours de la nuit.

– À mon avis, Dieu ne tient pas à ce que nous quittions cette montagne, commenta Brock tout en retenant le cheval de Flegel et en observant les pierres qui leur barraient le passage.

Il n'avait pas l'air inquiet, simplement intrigué.

– Ce n'est pas la montagne de Dieu ! s'insurgea Flegel. C'est l'œuvre de Satan ! Il veut nous livrer en pâture à son serpent !

Ansel considéra l'énorme rocher qui obstruait le chemin.

– Les chevaux n'arriveront jamais à franchir ce rocher, dit Flegel.

– Eh bien, ils le contourneront, affirma Brock.

Par-dessus le rocher s'élevait un impressionnant amas de grosses pierres, de cailloux plus petits et des tonnes de terre meuble et humide. Des racines émergeaient et de petits ruisseaux commençaient à s'écouler, creusant des rigoles à travers les déblais. Ansel s'imagina faire gravir à Bretzel et à l'autre cheval cette pente mouvante, puis la redescendre de l'autre côté. Dès qu'ils l'auraient franchie, ils seraient de nouveau sur le sentier. Était-ce envisageable ? Les bêtes étaient encore nerveuses. Si elles se cabraient ou perdaient pied, elles risquaient de tomber dans le précipice et d'entraîner tout le monde avec elles.

– Toi qui connais bien cette montagne, petite, dit Brock en se tournant vers Else, existe-t-il un autre chemin pour en redescendre ?

Else secoua la tête, avant de répondre après quelques instants :

– Il y a bien un chemin que mon père m'a montré. Je ne l'ai jamais pris, et il faudrait revenir sur nos pas. Jusque là-haut…

– Oh, non ! gémit Flegel. Non, non. Retourner sur le territoire de chasse de la bête ? Pas question !

– Du calme, Flegel !

– On traverse l'alpage, poursuivit Else, et on prend un sentier qui serpente à travers les rochers. Il y a un lac, à ce qu'il m'a dit, tout en haut. Et au-delà du lac, encore des rochers, et un passage dans les rochers, et un chemin qui descend jusqu'au glacier. Et de l'autre côté du glacier, il y a un chemin qui descend de la montagne. Mais on ne peut pas passer par là. Les chevaux n'arriveront jamais à franchir les rochers. De toute façon, plus personne ne passe jamais par là ; à cause du dragon. Il niche quelque part dans le coin.

Brock scruta le ciel et réfléchit. De longs châles de nuages s'étaient enroulés autour des cimes, tandis que des rideaux de pluie et de neige brouillaient les lointains. Seul venait par intermittence briser le silence le petit bruit métallique des pierres qui rou-

110

laient encore et rebondissaient sur la pente, à la suite de l'éboulement.

– Nous allons essayer ce chemin, finit par décider Brock.

– Nous pourrions laisser les chevaux derrière nous, suggéra Flegel.

– Nous n'abandonnerons pas un cheval de plus à ce maudit ver, répliqua Brock en descendant de la monture de Flegel et en commençant à le guider à travers les éboulis. Avec les chevaux, nous avons encore une chance d'arriver sains et saufs à Knochen au crépuscule. Sans eux, la nuit nous surprendra dans la montagne. C'est ce que tu veux ?

Bien sûr que non. Qui aurait voulu se retrouver dans le noir en un lieu pareil, croyant entendre approcher le dragon à chaque bruit ? Flegel descendit à son tour de Bretzel et tendit les rênes à Ansel qui suivit Brock dans les éboulis tout en incitant le poney nerveux à marcher derrière lui. Des pierres dévalaient la pente, délogées par les grosses bottes de Brock et les sabots de son cheval. Un énorme bloc de roche roula à grand fracas, manquant de peu Ansel qui glissait lui aussi sur les schistes instables qui menaçaient à chaque pas de l'entraîner dans la pente. Bretzel hennit et secoua la tête, tirant sur ses rênes, au risque de renverser Ansel. À sa suite, Flegel et Else entamèrent leur escalade, en lui jetant des coups d'œil angoissés dès qu'une pierre un peu plus volumineuse roulait dans leur direction.

111

– Pourquoi me suis-je laissé entraîner ici ? ne cessait de se lamenter Flegel à mi-voix. Les hommes sont des chiens, voilà pourquoi ; il y a ceux qui mènent et ceux qui suivent ; lui, il fait partie de ceux qui mènent, et moi de ceux qui suivent…

La pente était de plus en plus raide, la progression pénible et toujours plus lente, mais Brock finit par atteindre le sommet ; il n'allait pas tarder à contourner le gros rocher et à amorcer sa descente vers le sentier, sur l'autre versant. Les bottes d'Ansel s'enfonçaient profondément dans le sol détrempé. Il entendit son maître glisser et jurer au-dessus de lui, et fit un écart pour éviter *in extremis* un énorme bloc de pierre déchiqueté qui roulait vers lui, délogeant au passage des centaines de pierres plus petites. Il tranquillisa Bretzel et reprit sa marche, s'efforçant de ne pas penser au précipice dans son dos. À la place, il se demanda quel accueil leur réserveraient les villageois lorsqu'ils leur apprendraient qu'ils n'avaient pas tué le dragon. Peut-être que Brock n'en soufflerait mot. Peut-être qu'il exhiberait son vieux crâne de corcodrile, à son habitude, et leur dirait qu'il avait tué leur ver, les laissant deviner tout seuls qu'ils avaient été grugés, une fois qu'il serait loin. Comme Else n'avait aucune raison d'estimer ces gens, elle cautionnerait le mensonge de Brock. Peut-être ce dernier proposerait-il même à Else et à sa mère de l'accompagner. Peut-être pourraient-ils partir tous ensemble quelque part ; en un lieu où il n'y aurait ni montagne ni dragon…

Quelque chose d'immense et de noir glissa silencieusement au-dessus des éboulis. Ansel fit de nouveau un bond de côté avant de s'apercevoir, en tirant Bretzel derrière lui, que ce n'était qu'une ombre.

« Mais l'ombre de quoi ? »

Bretzel se cabra brusquement, s'ébrouant de peur et arrachant ses rênes des mains d'Ansel.

– Il revient ! hurla Else.

Le dragon s'éleva au-dessus d'eux. Ansel entendait le vent siffler dans ses longues plumes écartées comme des doigts sur la tranche de ses ailes membraneuses. Sa tête de lézard pointée vers lui, la bête le foudroya du regard en poussant un long cri que tous les rochers répercutèrent en écho, donnant l'impression qu'une dizaine de dragons se mettaient tour à tour à hurler. Le vacarme eut instantanément raison de toutes ses pensées, et la panique le fit détaler en courant et en battant des bras. Il s'élança vers le sommet, s'enfonçant dans les pierres, tombant, se relevant et progressant à peine, car les éboulis s'effondraient sous son poids plus vite qu'il ne grimpait. Bretzel le dépassa, luttant contre la marée de pierres. Devant, Brock bataillait pour maîtriser le cheval terrorisé de Flegel, qui ruait en tous sens, faisant rouler des pans entiers du sol mouvant.

Ansel hurla en silence. Le sol se dérobait de plus en plus sous ses pieds. Il avait beau courir le plus vite possible, il était sans cesse ramené en arrière, vers le bas de la pente, là où finissait la terre ferme, et où l'attendait une chute vertigineuse dans la rivière et ses rochers déchiquetés.

Tout près de lui, dans un long gémissement, le gigantesque rocher qui avait empêché leur progression commençait à s'ébranler. Il venait droit sur lui, traversant en diagonale le flanc du pierrier et faisant gicler sur son passage une myriade de cailloux comme autant de petits animaux gris affolés. Ansel vit Else s'écarter de son chemin, luttant pour remonter l'éboulis en crabe. Tout bougeait à présent, la terre, les pierres, les rochers, les racines, tout se précipitait à l'allure d'un torrent en direction de l'abîme. Dans le ciel, le ver prit soudain de la hauteur, troublé par ce glissement de terrain qui l'empêchait de décider sur laquelle de ces silhouettes en train de se débattre il allait jeter son dévolu.

Le cheval de Flegel fut précipité dans la pente, droit sur Ansel, les babines retroussées sur ses grosses dents, la bouche grande ouverte de terreur, et il était juste au-dessus de lui, sur le point de le renverser lorsqu'un rocher lui heurta le pied en roulant. Ansel entendit le bruit sec du métacarpien qui se brisait et le hennissement déchirant de l'animal, bientôt enseveli sous le flot de pierres. Il se mit alors à courir sur place, se retenant aux rocs qui glissaient sans cesse, les yeux rivés sur le plus gros d'entre eux qui se dirigeait lentement sur lui. Un peu plus haut, Brock s'efforçait de garder l'équilibre, tel un clown dans une fête foraine. Et, encore plus haut, toute la montagne semblait s'être mise en branle à mesure que les rochers les uns après les autres commençaient à rouler. Et au-dessus de la montagne, le dragon tournoyait, mais Ansel l'avait perdu de vue et il n'avait d'ailleurs pas le temps de le chercher, car l'énorme roc fonçait sur lui. À la toute dernière seconde, il se jeta sur le côté pour l'éviter. Il atterrit sur le sol humide, au-delà de la zone mouvante, et resta immobile, face contre terre, écoutant le craquement des pierres broyées sous la masse du bloc qui le dépassa, puis le brusque silence après que celui-ci eut basculé dans le vide. Un instant plus tard, il l'entendit de nouveau, au moment où il se fracassait au fond de la rivière dans un grondement de tonnerre.

Il tourna la tête, cherchant des yeux Bretzel. Il ne voyait plus le poney. À vrai dire, il ne pouvait pas distinguer grand-chose : un voile de poussière s'était abattu sur le flanc de la montagne. Faisant claquer sa queue de serpent tel un fouet zébré, le dragon émergea soudain. Comme Ansel rampait à sa portée, l'animal poussa un cri de victoire qui figea le petit garçon sur place, alors que la bête fondait sur lui. Elle se posa à quelques pas, puis s'avança vivement dans sa direction par-dessus les rochers, les ailes déployées et le cou tendu, le museau encore maculé du sang séché de Neige. Après quoi elle obliqua soudain en hurlant. Quelque chose venait de la frapper violemment à la tête.

Else, debout au milieu des éboulis, ajustait une

deuxième pierre. Accroupi tout près d'elle, frère Flegel s'écria :

– Arrête ! Tu vas l'énerver ! Laisse-le le dévorer !

Mais Else l'ignora et lança sa pierre. Elle était d'une habileté redoutable, maniant la fronde depuis son plus jeune âge, quand elle gardait les chèvres de son père dans les hauts pâturages. C'était ainsi qu'elle avait maintes fois repoussé les loups et, un jour, en avait même tué un. Le projectile atteignit sa cible et rebondit sur le museau du dragon qui tressaillit et glapit, puis, manifestement déstabilisé, s'éloigna en remontant vers les rochers, les ailes déployées comme un cormoran.

Pendant une seconde, Ansel crut que les pierres d'Else avaient réussi à le chasser définitivement. Habituée à ne s'attaquer qu'aux moutons et aux chèvres, la bête serait peut-être déconcertée face à une proie qui ripostait. Mais le dragon observa la jeune fille en balançant la tête à droite et à gauche. Ses naseaux obscurs palpitaient et humaient l'air en quête d'odeurs, cherchant à flairer une proie. Ansel entendit les prières saccadées de Flegel et prit alors conscience, dans un coin de son cerveau toujours actif, que les pierres s'étaient stabilisées. L'éboulement avait pris fin.

– Va-t'en ! hurlait Else. Envole-toi, sale ver !

Une autre pierre visa le dragon qui, cette fois, l'esquiva. Il émit de nouveau le sinistre grognement qu'Ansel avait entendu juste avant qu'il s'en prît à lui, à l'entrée de la grotte. Et, de nouveau, Ansel se figea, mais cette fois, ce n'était pas lui la proie. Courant et volant à demi, le monstre se précipita sur Else et frère Flegel. Else se baissa pour ramasser un autre caillou, mais Ansel vit qu'elle n'aurait pas le temps de le lancer. Frère Flegel le comprit aussi et projeta violemment la jeune fille sur la trajectoire du dragon.

– Prends-la ! hurla-t-il avant de faire demi-tour et de s'enfuir.

L'animal qui chargeait dut croire qu'Else s'était volatilisée en tombant derrière les rochers. Il la dépassa en s'élevant de quelques mètres, attiré par les vêtements du moine qui claquaient au vent et les cris perçants que celui-ci poussait sans cesser de courir. Se dévissant la tête, Flegel risqua un regard par-dessus son épaule et vit le dragon lancé à ses trousses.

– Ce n'est pas moi, c'est elle ! Pitié ! Mange-la, elle ! Non… pas moi !

Le moine courait vite, mais le dragon était plus rapide. Le moine escalada le pierrier, mais l'animal avait des ailes et il parcourut en volant les quelques mètres qui les séparaient. Tendant son museau en forme de piège à ours vers la nuque à la fois grêle et musculeuse de frère Flegel, il le souleva de terre aussi lestement qu'un voleur dérobant un gros sac à l'arraché. Flegel laissa échapper quelques borborygmes. Ses jambes battaient l'air et ses bottes rouges couraient encore en vain dans le vide alors que le dragon l'emportait d'un vol lourd vers le ciel. Le moine émit encore un cri avant de s'arrêter net. Les battements des ailes résonnèrent un moment dans la vallée, puis s'estompèrent jusqu'à ce que le silence se rétablît.

14

– Je ne suis plus tout à fait certain qu'il s'agisse d'un dragon, reconnut Brock un peu plus tard.

Ils étaient remontés au-dessus du niveau où le terrain avait glissé et contemplaient cette haute vallée devant eux et l'abri du berger au mur défoncé par le dragon. Ils avaient découvert un rocher en surplomb qui leur offrit un relatif sentiment de sécurité, mais ils savaient tous parfaitement que si le dragon voulait les enlever, il n'aurait aucun mal à le faire.

– Il n'avait que deux pattes et ne soufflait pas de feu, et depuis quand les dragons ont-ils des plumes ? Peut-être est-ce une vouivre, ou une autre espèce de ver, moins évoluée.

– Peu importe ce que c'est ! rétorqua Else avec

humeur. À mon avis, tous les vers se ressemblent quand on est dans leur ventre, et c'est comme ça que nous allons finir, non ? La prochaine fois qu'il viendra, ce sera pour nous prendre.

Brock ignora sa remarque. Il continuait d'observer la montagne, scrutant les cimes glacées et enneigées qui s'élevaient au-delà des rochers qui cernaient la vallée. « Où a-t-il établi son nid ? » songea-t-il.

Ansel s'assit et essaya de maîtriser ses tremblements tout en se demandant combien de temps il faudrait à Brock pour comprendre qu'il n'était plus un chasseur de dragons, mais une proie pour ce dernier. Il ne pouvait s'empêcher de penser à frère Flegel et à son air ébahi lorsque les mâchoires de la bête s'étaient refermées sur lui. Et à Bretzel, qui s'était purement et simplement volatilisé, probablement emporté par le flot lent de cette rivière de pierres. Pauvre Bretzel ! Ansel avait le sentiment qu'il aurait pu tout de même le sauver ou du moins tenter de le sauver. Il aurait dû faire quelque chose…

Ils faisaient peine à voir, tous les trois. Les chevaux avaient disparu, de même que la piste pour rentrer chez eux. Lorsque la poussière de l'éboulement fut enfin retombée, ils purent se rendre compte de ce qu'il restait du sentier qu'ils pensaient emprunter : seuls subsistaient quelques rares tronçons, sillonnés de profondes tranchées où des pans entiers de l'escarpement avaient été engloutis. Parmi les décombres, ils avaient découvert le cadavre broyé du cheval de

Flegel, dont ils avaient retiré les rênes, quelques couvertures et l'une des sacoches. Hormis cela, il ne leur restait que les vêtements qu'ils avaient sur le dos.

– Bon, ce qui est sûr, c'est que nous n'allons pas pouvoir descendre sur Knochen. L'éboulement nous en empêche… Nous devons donc monter plus haut avant de redescendre. Telle est la volonté de Dieu. C'est certainement la raison pour laquelle Il m'a épargné tout à l'heure et a laissé le ver emporter le pauvre Flegel, lui qui était si pétri de doutes… Si nous voulons quitter cette montagne, ce sera par la voie que tu nous as indiquée, Else.

La jeune fille était adossée contre la paroi du rocher sous lequel ils s'étaient assis et frissonnait légèrement, obnubilée par l'image du dragon, toujours imprimée sur sa rétine. Elle ne cessait de triturer nerveusement le tissu de sa robe, puis de le lisser consciencieusement avant de recommencer à le pétrir. Mais, sentant le regard de Brock posé sur elle, elle leva la tête et le vit sourire. Cela sembla la réconforter un peu.

– Le sentier de ton père, dit Brock, l'autre chemin pour redescendre, il passe où ?

– Là-haut, répondit-elle en indiquant d'une main tremblante les rochers, de l'autre côté de la vallée.

Il leur fallut un bon moment avant de distinguer l'étroite corniche qui striait les falaises et les pierriers, telle une fissure dans un mur.

– Mais on ne peut pas passer par là, ajouta-t-elle. À cause du dragon…

– Je nous défendrai contre le dragon ! affirma Brock. Crois-tu que Dieu l'autoriserait à te faire du mal ? Aie foi en Lui. C'est Lui qui m'a guidé jusqu'ici pour que je le tue.

Il sourit à Else et à Ansel, ému par la façon dont ils le regardaient et par l'espoir ténu qui se lisait sur leurs jeunes visages blafards. Grâce à eux, il se sentit plus fort et fier de sa force. Il était leur protecteur. Ils comptaient sur lui pour les conduire et les défendre. Brock renifla, saisit la poignée de son épée et scruta le ciel.

– Quand il reviendra, je serai prêt. Je le tuerai ; nous franchirons le col et, une fois en ville, nous présenterons sa tête au landgrave et à la population.

Sur ces mots, il s'engagea vers la vallée, laissant à Else et Ansel le soin de le suivre avec les couvertures et l'unique sacoche.

Lorsque le roi de France envoyait son chambellan escalader une haute montagne, il l'autorisait à emmener trois religieux, un charpentier et le préposé aux échelles royales, avec des échelles à arrimer aux parois escarpées, des madriers, des cordes et des pitons. Quand Johannes Brock s'attaqua au Drachenberg, il n'avait avec lui qu'une jeune fille et un garçon encore plus jeune. Ils n'emportèrent aucune échelle et à peine de quoi assurer un seul maigre repas. Et l'homme du roi Charles entreprenait son ascension en plein été, par beau temps, et non sous cette lumière glauque et brunâtre proche de l'obscurité dès que les nuages s'abattaient sur les rochers.

« C'est de la folie », songea Ansel en se traînant, se soulevant, se hissant laborieusement le long de la piste abrupte qui circulait entre les rochers, tel un scarabée sur un mur lisse. « C'est de la folie », songea-t-il encore en cherchant son chemin dans la blancheur aveuglante d'une averse de neige et ne distinguant plus rien que de vagues ombres grises et les silhouettes floues de Brock et de la fille qui en émergeaient à peine. Quand Else se retourna vers lui, son visage était aussi blanc que du petit-lait, et il sut que le sien devait lui ressembler : livide et épuisé par la peur constante de cette journée interminable.

C'était en effet de la folie. Les montagnes n'étaient pas destinées à être escaladées. Mais à quoi l'étaient-elles alors ? De ce côté-ci du Drachenberg, il n'y avait aucune voie pour redescendre. Ils devaient passer par l'autre versant. Ils n'avaient pas d'autre choix que de continuer à monter. Alors, ils montèrent, meurtris, courbaturés, transis de froid, frissonnants, se risquant au bord de saillies impraticables pour finalement rebrousser chemin, remontant à quatre pattes, comme des rats, d'impossibles cheminées, les mains gelées, les pieds gelés, le cœur glacé, tandis qu'au fur et à mesure de leur ascension le monde saupoudré de neige se déployait en noir et blanc à leurs pieds.

La piste disparaissait complètement par endroits,

les contraignant à escalader pied à pied les flancs noirs et glissants de rochers à pic. Avant qu'ils ne s'attaquent à l'un d'eux, Else leur suggéra de s'encorder.

– C'est ce que font les hommes quand ils empruntent cette voie pour aller chercher des moutons égarés. Si l'un d'entre eux tombe, les autres peuvent le retenir et le remonter.

Brock ordonna à Ansel de sortir la corde que leur avaient donnée les villageois. Ils la nouèrent autour de leur taille en la serrant du mieux possible du bout de leurs doigts gourds et, quand ils se remirent en route, elle se tendit entre eux. Ansel avait les plus grands doutes sur son efficacité, ne se voyant pas capable avec Else de remonter Brock s'il chutait, mais c'était rassurant de sentir la corde résister et se tendre au rythme lent de leur progression. Ainsi, cela l'aida de savoir qu'il n'était pas tout seul lorsqu'une nouvelle averse de neige se leva en tourbillonnant.

Il s'arrêta quand la neige les atteignit, et Else s'arrêta au-dessus de lui. Ils s'agrippèrent à la paroi tout en essayant de s'abriter, vite transformés en bonshommes de neige par les flocons qui se déposaient sur leurs vêtements et leurs cheveux. Mais, quelques instants plus tard, la corde se tendit et ils durent reprendre leur ascension. Les doigts d'Ansel s'étaient engourdis à force de tâtonner sur la roche glacée pour trouver la meilleure prise et, phénomène étrange, ils commençaient à le brûler affreusement. Le vent balayait les fins filets gelés qui s'écoulaient de son nez.

– Allez ! tonnait Brock. Si le ver nous découvre sur cette corniche, il n'aura qu'à nous cueillir !

Ansel leva les yeux vers Else à travers les flocons de plus en plus épars. Elle ne dit rien, mais il comprit au curieux mouvement de ses sourcils noirs, très noirs, qu'elle était d'accord avec Brock. Il la laissa prendre un peu d'avance puis grimpa à sa suite. Elle était plus lente que lui, de sorte que de temps en temps il avait le visage à la hauteur de ses pieds : ses bottillons de feutre commençaient à se déchirer, laissant à nu ses talons cloqués et en sang. Il savait que ce devait être très douloureux, mais Else n'en soufflait mot et Ansel trouva cela courageux de sa part.

Et Brock grimpait toujours, infatigable. Il se représentait parfaitement l'antre du dragon, quelque part, plus haut dans la montagne, une grotte au creux d'un rocher, aux abords jonchés d'ossements et d'excréments. Peut-être y avait-il même de l'or, comme dans les récits de l'ancien temps. Mais ce n'était pas l'attrait de l'or qui poussait Brock à continuer à gravir cette montagne, c'était le ver lui-même et l'occasion qu'il lui offrait de transformer tous ses mensonges en une vérité éclatante. « Brock, le tueur de vers, songea-t-il. Brock, le pourfendeur de dragons… »

Le vent mugissait et sifflait, rivalisant avec les formidables rugissements du dragon. Le froid était tel qu'il pouvait fendre les pierres, se dit Else en crapahutant derrière l'homme en armure. Peut-être les dragons ne crachaient-ils pas du feu mais de la glace incandescente. Et peut-être était-ce ainsi qu'ils s'emparaient de leurs proies, en attirant des individus comme Brock à de telles altitudes qu'une fois arrivés en haut ils étaient trop faibles et épuisés pour la combattre lorsque la bête fondait sur eux.

Ils étaient à mi-hauteur d'une paroi particulièrement escarpée quand la neige se remit à tomber. Cette averse, aux flocons plus drus que la précédente, leur masqua toute visibilité. Brock lui-même fut contraint de s'arrêter, tandis qu'Ansel s'agrippait désespérément au rocher, grelottant, craignant à chaque instant que le vertige et ses doigts gelés ne l'obligent à lâcher prise. Entre deux rafales de vent, il entendait Else pleurer de froid et de fatigue au-dessus de lui.

En fin de compte, Brock fut contraint de reconnaître qu'il leur fallait trouver un abri où faire halte. Ils arrivèrent devant une cavité que la glace et l'eau avaient creusée dans la paroi et dans laquelle ils se glissèrent. Il y faisait aussi froid que dans une tombe, mais moins qu'en plein vent. Ils se blottirent côte à côte, tels des oiseaux sur une branche, se serrant les uns contre les autres dans l'espoir de puiser quelque chaleur auprès de leur voisin. La neige avait cessé, mais le ciel s'obscurcissait à vive allure. Quand ils grimpaient, la journée avait passé très vite. La nuit les ensevelit sous sa robe noire de sacristain.

– Et si le dragon revenait ? s'inquiéta Else.

– Les vers ne chassent que le jour, répondit Brock.

Il était aussi brisé et éprouvé par l'ascension que les enfants, mais conscient qu'il ne devait pas le laisser paraître. Ils comptaient sur lui. En outre, se dit-il, ils étaient tous les trois vivants. Comme l'aurait été le pauvre Flegel s'il l'avait écouté. À présent, il savait de quoi ce dragon était capable.

– Un animal qui chasse le jour ne chasse jamais la nuit, affirma-t-il. Il doit être tapi quelque part au fond de son aire. Nous sommes à peu près tranquilles jusqu'à demain matin.

Il cala sa tête contre la roche et ne tarda pas à s'endormir, laissant Else et Ansel écouter ses ronflements tout en songeant à ces animaux qu'ils connaissaient, les chats et les araignées, les hiboux et les loups, qui ne se gênaient pas pour chasser de jour comme de nuit.

– Quelle impression crois-tu que ça fait ? demanda Else à Ansel au moment où il commençait à trouver le sommeil. Quand il nous dévorera, ça nous fera mal ? Mourrons-nous rapidement ou serons-nous encore vivants quand nous descendrons dans son gosier ?

Naturellement, Ansel ne pouvait lui répondre. Il se blottit un peu plus contre elle, et cette réponse sembla la satisfaire. Un instant plus tard, l'entendant respirer régulièrement, il conclut qu'elle devait dormir et se demanda s'il ne devait pas rester éveillé pour guetter le dragon. Mais à peine eut-il envisagé cette hypothèse que le sommeil l'envahit. Épuisé par le froid et l'escalade, il dormit si profondément qu'il n'aurait pas entendu le dragon s'il était venu se percher à côté de lui. Son sommeil n'avait rien de naturel : on aurait dit que le harassement l'avait privé de ses sens.

15

Il faisait jour lorsque Ansel se réveilla. Le soleil s'était levé derrière une croupe rocheuse et brillait face à lui. Il se rappela aussitôt où il était et pourquoi. Il se redressa précipitamment, mais il n'y avait pas de dragon à l'horizon. Il fut étonné de voir jusqu'où ils avaient grimpé. La vallée s'étendait très loin. Elle était encore plongée dans l'obscurité. Le jour ne commençait qu'à quelques pieds plus bas, au-dessus de l'ombre de l'éperon oriental qui s'étirait le long des rochers, telle la trace d'une marée haute.

Il leva la tête. L'étroit sentier qu'ils avaient suivi la veille s'élevait abruptement entre d'énormes rochers et disparaissait sur une sorte de corniche. Au-dessus, le ciel était aussi bleu que la robe de la

Vierge Marie et, heureusement, vide de tout dragon. Mais il persistait un bruit qu'il avait entendu au cours de la nuit et pris pour le vent. Or il n'y avait pas de vent : Ansel découvrit qu'il provenait d'une cataracte blanche qui cascadait du haut de la montagne, non loin de l'anfractuosité dans laquelle ils s'étaient réfugiés. Elle projetait alentour une nuée vaporeuse de fines gouttelettes que le soleil traversait en dessinant un arc-en-ciel. On aurait dit un signe de Dieu.

Else bougea et geignit. L'armure de Brock grinça au moment où il tendit la jambe pour soulager une crampe. Ansel fureta dans la sacoche et en sortit le petit déjeuner : du pain rassis, du mouton séché et une gorgée de vin amer dilué dans un peu d'eau recueillie dans un ruisselet. Il aurait bien aimé leur montrer l'arc-en-ciel, mais le soleil montait vite dans le ciel et il avait pratiquement disparu.

– Allons-y, dit Brock.

Le soleil chauffait son armure, et on aurait dit qu'il en tirait de la force. Il s'engagea sur la piste sans attendre Ansel ni Else.

Le plus dur de l'ascension était derrière eux. Le sentier grimpait abruptement en trois lacets et il les conduisit jusqu'à un vaste champ enneigé. Des pointes hérissées dépassaient de la neige et, à l'abri du vent, là où celle-ci n'avait pas tenu, une herbe brunâtre frémissait sous la brise. Malgré la neige, l'air était plus doux et le soleil, réverbéré par la surface blanche, leur renvoyait sa chaleur, au point qu'Else défit son châle en peau de mouton et qu'Ansel enleva ses mitaines. Deux de ses doigts étaient tout blancs et insensibles. Ses doigts engourdis le brûlèrent à mesure qu'ils retrouvaient une certaine sensibilité.

Le terrain s'élevait vers une croupe qu'ils ne tardèrent pas à atteindre et d'où ils découvrirent, en contrebas, au creux d'un petit cirque rocheux, un lac gris. L'eau avait gelé sur les bords, figée en de grandes dalles blanches et ridées. Plus au centre, là où elle restait libre, le vent soulevait de petites vaguelettes. Pas le moindre roseau sur les berges de ce lac ; pas le moindre nénuphar à sa surface ; pas le moindre oiseau alentour. Au-delà, la montagne se dressait de nouveau, arche de neige et de roche surmontée d'un sommet d'une blancheur éblouissante. Des nuages s'amoncelaient derrière, mais partout ailleurs le ciel était vierge, innocent. Peut-être le dragon chassait-il ce matin sur l'autre versant... Peut-être était-il encore en train de digérer son festin de la veille...

– Nous allons encore avoir du mauvais temps, fit remarquer Else en tournant son visage vers le soleil, faisant provision d'une chaleur qu'elle savait de courte durée.

Brock la regarda avec une étrange expression sans cesser de surveiller les cimes.

Ils se détachèrent, tranchant les nœuds serrés et trempés que leurs doigts gourds ne parvenaient pas à défaire. Ansel noua bout à bout les morceaux de corde, qu'il enroula autour de sa taille avant de se remettre en route.

Il leur fallut plusieurs heures pour faire le tour du lac et rejoindre les rochers escarpés, sur la berge opposée. Là, ils trouvèrent la piste que connaissait le père d'Else. Effacée, à peine visible, elle plongeait vertigineusement le long de pierriers et de plaques de schiste vers une vallée encaissée. Des aiguilles hérissées, couronnées de sapins décharnés, penchaient vers la vallée où, à leurs pieds, s'étirait le glacier. Ansel n'y avait pas vraiment cru lorsque Else et Brock en avaient parlé : un fleuve gelé descendant éternellement de la montagne. Et pourtant, il était bel et bien là, vaste et très froid, entièrement hachuré de crevasses et de gouffres, et si Ansel ne le voyait pas bouger, il l'entendait : le faible grincement et le grondement sourd de son déplacement lent sur les roches, et, de temps en temps, le craquement sec de la glace se fracturant soudain à la surface.

Au-delà, sur le versant de la vallée le plus éloigné, on devinait la trace blanche d'une piste enneigée balafrant la paroi noire d'une falaise.

– C'est la piste, déclara Else.

– Bien, répondit Brock. Mais nous n'allons pas descendre tout de suite.

Ansel jeta un regard vers son maître. Brock semblait avoir à peine remarqué l'impressionnante descente, ni aperçu le sentier engageant qui les attendait une fois en bas. Il leur avait tourné le dos et étudiait les rochers et les cimes comme s'il s'agissait d'un château fort qu'il avait l'intention de prendre d'assaut.

– Que voulez-vous dire, messire ? s'étonna Else.

– Je veux dire que j'ai un dragon à combattre.

Ses paroles se perdirent dans le vent et le soleil. Else ne répondit pas et Ansel ne pouvait pas répondre. Ils s'entre-regardèrent, et Ansel secoua légèrement la tête pour signifier qu'il ne comprenait pas non plus ce qu'avait voulu dire Brock.

– Il doit être quelque part là-haut, reprit-il. Au milieu de toute cette neige et de ces pierres. Son nid… Son aire… Mais comment l'en faire descendre ?

De nouveau, le vent emporta ses paroles à travers la vallée. De nouveau, Ansel et Else échangèrent un regard. Mais, cette fois, Else se risqua à contester les propos de Brock.

– Non, on ne veut pas l'en faire descendre, messire. On veut qu'il reste là où il est jusqu'à ce qu'on soit loin d'ici.

– Non, répliqua Brock avec un sourire et une lueur sauvage dans l'œil. Non. Ne comprenez-vous donc pas ? C'est pour cela que nous sommes là. L'autre chemin étant impraticable, nous avons dû monter jusqu'ici, tout près de son antre, afin que je puisse le tuer. C'est le destin… La main de Dieu. Appelez cela comme vous voudrez. Je ne redescendrai pas tant

133

que ce ver ne sera pas mort. J'emporterai sa tête ; ce sera une preuve suffisante… Nous pourrions monter jusqu'à son repaire, ajouta-t-il en tournant de nouveau ses regards vers la montagne, mais il se peut qu'il ne soit accessible à aucun être humain. Ces falaises gigantesques…

Ansel éprouva le même sentiment que la veille, lorsque le sol s'était dérobé sous ses pieds, effaçant leur chemin. Il avait toujours cru Brock aussi fort et solide qu'un roc. Et voilà que quelque chose semblait avoir changé en lui. Le chasseur de dragons avait basculé dans l'une de ses propres histoires.

– Pourquoi uniquement la tête ? se demanda Brock à voix haute. Je redescendrai sa carcasse de la montagne. Il vole… donc il ne doit pas peser plus qu'un oiseau. J'espère trouver quelque savant ou érudit qui m'achètera un bon prix la peau et les os d'un animal aussi fabuleux… Bon sang, peut-être m'établirai-je comme savant ! Je ferai bouillir ses os et sécher sa peau, puis je les embarquerai dans une carriole et l'on parlera de moi dans toutes les villes, depuis ici jusqu'à la mer !

Et soudain, il se mua en saltimbanque se donnant en spectacle, tirant son chapeau et saluant une couple de corneilles qui tournoyait autour d'un rocher.

– Vous allez voir, mesdames et messieurs, un rescapé du monde d'avant le déluge ! déclama-t-il. Le grand ver de Johannes Brock, le seul et unique dragon authentique jamais découvert ! (Ou une vouivre. Ou ce que vous voudrez…)

S'apercevant tout à coup qu'Ansel le regardait avec stupeur, il tendit la main pour lui ébouriffer les cheveux.

– Eh bien ? Tu n'as tout de même pas l'intention de rentrer sans un trophée, hein ?

Ansel se demanda si le froid qui avait pénétré dans ses doigts au point de les rendre gourds et impuissants n'avait pas eu le même effet sur le cerveau de son maître. Brock semblait croire qu'il suffisait de désirer quelque chose pour l'obtenir à coup sûr. Avait-il oublié les mâchoires du dragon et ses serres ? Avait-il oublié la facilité avec laquelle il avait mis sa jument en pièces et dévoré leur compagnon ? Avait-il oublié que cette montagne était celle du dragon et non celle de Brock ? Ansel n'avait que faire d'un trophée à rapporter dans les basses terres. Il serait bien content de pouvoir simplement redescendre sain et sauf dans la plaine.

Mais Brock voulait à tout prix la peau du ver, et il avait un plan. Il l'avait passé et repassé dans sa tête toute la matinée, pendant qu'ils faisaient péniblement le tour du lac, ralentis par les pieds en sang et les bottillons de feutre déchirés d'Else. Au début, cela l'avait mis en colère ; il regrettait que Flegel ne fût plus là pour lui expliquer pourquoi Dieu avait décidé d'encombrer son fier chevalier d'un tel boulet. Puis il avait compris, comme si Dieu en personne s'était penché au bord des cieux pour lui en glisser l'explication au creux de l'oreille.

L'air gourmand que Brock affichait en la regardant n'échappa pas à Else. La jeune fille risqua un pâle sourire dans l'espoir de l'amadouer, mais il continua à la dévorer des yeux. Elle eut un mouvement de recul, battant en retraite comme elle l'aurait fait en face d'un chien peu fiable.

– Qu'est-ce qu'il y a, messire ? Que se passe-t-il ?

Brock abattit sa main gantelée sur le poignet d'Else et l'empêcha d'aller plus loin.

– Corde ! ordonna-t-il à Ansel qui ne comprit pas, obligeant son maître à réitérer sa demande. La corde, petit, à moins qu'en plus d'être muet tu ne sois devenu sourd ?

Ansel se libéra du rouleau de corde et le tendit à Brock, qui le prit de sa main libre.

– Non ! s'écria Else en cherchant à lui échapper.

– Cesse de gigoter, petite, dit Brock.

Else jeta un regard à Ansel.

– Arrête-le !

Ansel hésita, partagé entre la compassion qu'il éprouvait pour elle et la loyauté qu'il devait à son maître.

– Il est devenu fou, dit-elle. Ne vois-tu donc pas ? Les hommes perdent souvent la tête en altitude ; l'absence d'air leur trouble l'esprit.

– Ne l'écoute pas, Ansel, lui conseilla Brock. Je sais ce que je fais. N'oublie pas que je suis ici pour tuer cette bête. Fais-moi confiance, petit. Tout va bien se passer. Il ne sera fait aucun mal à Else. Tu as ma parole…

Il enroula prestement l'extrémité de la corde autour des poignets de la fille et entreprit de la ligoter. Ansel voulait lui dire d'arrêter, mais comme d'habitude les mots moururent sur ses lèvres avant qu'il ait pu les articuler. Au lieu de cela, il se précipita sur Brock et s'accrocha à son manteau.

Brock le repoussa violemment.

– Laisse-moi, Ansel. Tu n'as pas compris ? Les paysans d'en bas avaient vu juste. Ils voulaient l'utiliser comme appât ; comme la princesse de saint Georges. Ce passage de l'histoire doit être véridique lui aussi. C'est ainsi qu'on attire ce genre de bêtes. De même qu'on attache un agneau pour attirer les loups. Sauf que, pour charmer notre ver, nous devons lui offrir un morceau de choix. Une jeune chrétienne bien appétissante et toute frétillante. Il est diabolique, vois-tu, et il sera incapable de résister à son innocente fraîcheur.

« Non ! Tu ne peux pas faire ça ! » hurla Ansel, mais comme aucun son ne sortait de sa bouche, Brock ne l'entendit pas.

– Non, non, non, non ! répétait Else.

Ses yeux se révulsèrent, à l'instar de Neige lorsque le dragon l'avait emportée. Et, comme Brock restait inébranlable, elle se mit à hurler.

– Non ! Non !

— Tu as raison, ma fille, dit Brock en éclatant de rire. Crie ! Mais crie donc, Else ! Que le dragon t'entende !

Il leva la tête, cherchant dans le ciel quelque signe de la présence du monstre. Pas une aile à l'horizon. Else, qui à présent avait peur de crier ou même de parler, s'effondra à genoux dans la neige. Brock la releva.

— Tu n'as rien à craindre, lui dit-il. Je te le promets. Je n'ai pas l'intention de te sacrifier à cette bête, ainsi que tes barbares de voisins ont tenté de le faire. Tu sers d'appât, voilà tout. Cette fois, je serai prêt quand il viendra. Je le tuerai avant qu'il ne te fasse le moindre mal.

Sans cesser de lui parler, il conduisit la jeune fille entre deux rochers escarpés, dressés comme des tours, en haut d'une vaste pente entièrement enneigée. Il attacha solidement l'extrémité de la corde autour d'une pierre proéminente, puis alla s'abriter au pied de ces grands rochers et attendit.

16

Ansel ne savait plus où il en était. Il voulait courir vers Else et la détacher, trancher la corde avec son couteau et la libérer. Le chevalier était peut-être son maître, mais en voyant Else pleurer au bout de cette laisse en attendant que le ver fonde sur elle, Ansel ne pouvait laisser faire Brock. Else le faisait penser de nouveau au pauvre Bretzel. Il fallait qu'il la sauve. Il s'agitait, se tournant d'un côté, de l'autre, sans savoir très bien comment intervenir.

– Tiens-toi tranquille, susurra Brock, assis dans un creux de rocher, l'épée plantée dans le sol devant lui. Si tu gigotes plus qu'Else, il se pourrait que le ver te prenne à sa place. C'est ce que tu veux ?

Détachant un instant ses regards de la malheureuse

enfant ligotée, il les plongea dans les yeux d'Ansel. Il lisait dans les pensées les plus intimes du garçon, les voyant aussi distinctement que des têtards dans une flaque d'eau.

– Tout va bien se passer, Ansel.

Puis il reporta son attention sur la jeune fille, sur les rochers et sur le ciel désert. Ansel attendit sans bouger, regrettant de ne pas avoir de voix pour tenter de faire comprendre à Brock à quel point celui-ci était dans l'erreur. Mais, là, assis sans bouger, il se dit que rester tranquille était peut-être la meilleure chose à faire. Brock s'était mis à l'abri du vent, parmi les rochers. Le soleil était pâle, mais il chauffait néanmoins. La pierre, absorbant ses rayons, tiédissait peu à peu. Brock, dans sa carapace de fer, devait avoir beaucoup plus chaud. Par-delà son épée, il regardait fixement Else qui était tombée à genoux, au bout de sa corde, silencieuse sous le ciel sans merci.

– Tu n'as rien à craindre pour elle, Ansel, insista Brock. Je ne le laisserai pas l'emporter. Je suis prêt cette fois. Il a toujours eu l'avantage sur nous jusqu'à présent. Hier, dans la grotte, j'ai été pris de court, trop stupéfié pour réfléchir. J'ai eu peur, c'est vrai, je le reconnais. J'étais abasourdi. C'est ainsi qu'il a pu s'emparer de la pauvre Neige. Et lorsqu'il a fondu sur nous, lors de l'éboulement, j'étais trop loin pour le combattre. Mais, là, je suis assez près et je n'ai plus peur. Il faut juste que je le guette. Et tu vas faire le guet avec moi. Tu es un petit garçon courageux. Je peux peut-être avoir besoin de toi, le moment venu.

Brock faisait le guet. Ansel faisait le guet. Le vent agitait l'herbe. Pas l'ombre d'une aile au-dessus des montagnes. On aurait presque pu croire que la journée précédente n'avait été qu'un rêve et que finalement les dragons n'existaient pas.

Au bout d'un certain temps, Brock piqua du nez. Il se reprit en sursaut, fronça les sourcils, cligna les yeux, parcourut le ciel du regard. Else était allongée par terre, vaincue et résignée, mais toujours entière, pas dévorée. Des nuages obscurcissaient le ciel derrière la montagne, mais Brock cuisait encore au soleil. Il piqua de nouveau du nez, puis une troisième fois, et la quatrième il ne releva pas la tête.

Un instant plus tard, Ansel l'entendit ronfloter. Il ne s'autorisa à bouger qu'au moment où il fut sûr que Brock était bien endormi. Brock dormait profondément, épuisé par la longue marche forcée de la veille. Ansel l'enviait. Il était fatigué lui aussi, mais la peur le tenait éveillé. Il laissa le chasseur ronfler, ronfler, ronfler, puis, tout doucement, il descendit sans bruit de son perchoir, passa sur la pointe des pieds devant Brock et suivit la corde jusqu'à Else.

Elle leva la tête à son approche. Elle n'avait pas l'air aussi contente qu'il l'aurait imaginé. Peut-être se demandait-elle pourquoi il avait tant tardé. Il sortit son couteau et commença à entailler la corde.

– Vite ! chuchota-t-elle.

Ansel lui sourit pour la rassurer et fit un petit signe de tête en direction de Brock afin qu'elle voie que le chasseur de dragons s'était assoupi.

– Je m'en moque, de lui ! Et le dragon ?

La corde céda. Else se releva, tendant les mains à Ansel pour qu'il tranche le nœud qui les entravait. Au même instant, une ombre passa au-dessus de leur tête.

« Il vient nous chercher ! se dit Ansel. C'est notre châtiment pour avoir douté de la parole de Brock. »

Mais, lorsqu'il leva les yeux, il ne vit aucun dragon dans le ciel, seul un nuage noir en forme de ruban qui se déroulait au-dessus de la montagne. Un vent froid le précédait, soulevant des vaguelettes écumeuses sur toute la surface du lac. La corniche sur laquelle Brock imaginait la créature nicher disparaissait déjà derrière un rideau de neige.

– Brock va se réveiller ! s'alarma Else.

Dès qu'Ansel lui eut libéré les mains, elle fit volte-face et s'enfuit en courant. Ansel courut derrière elle. Leurs pieds grinçaient, crissaient, craquaient dans la neige épaisse. Lorsque Ansel se retourna pour voir si Brock les avait suivis, il ne vit… rien du tout. Les rochers, le versant de la montagne, l'homme en armure, tout était recouvert d'une blancheur immaculée. Il entreprit d'entraîner Else pour la mettre à l'abri.

– Non ! s'insurgea-t-elle. Il va nous retrouver ! Il faut redescendre !

Ansel songea à la piste qui descendait : les éboulis, puis les gros rochers, et ensuite les falaises de glace. Il aurait préféré affronter le dragon. Mais redoutant la folie de Brock, il continua à courir, trébuchant à chaque pas au côté d'Else, vers le haut des pierriers. La tempête de neige se déchaînait autour d'eux. Les flocons voltigeaient en tous sens, à droite, à gauche, en haut, en bas, enveloppant d'une fourrure blanche leurs manches et leurs mitaines. Else s'arrêta un instant pour resserrer autour d'elle sa peau de mouton et cria, pour couvrir le mugissement du vent :

– Tu as été d'un courage héroïque. Tu aurais pu t'enfuir, mais tu as préféré me sauver.

Ansel réussit à grimacer un sourire. Il savait qu'il n'était pas courageux. Pas assez pour partir en courant et vivre le restant de ses jours en sachant qu'il avait livré Else au dragon. Seul l'égoïsme, et rien que l'égoïsme, l'avait poussé à couper la corde. Mais ses compliments lui firent plaisir. Grâce à eux, il se sentit moins tourmenté d'avoir trahi Brock.

Else déposa un baiser sur son front luisant de neige, telle une mère, ou du moins une grande sœur. Après quoi, s'en remettant à leur intuition, ils s'élancèrent à l'aveuglette dans une pente de plus en plus raide.

Brock se réveilla sous la neige en poussant un cri que personne n'entendit. Il était en train de rêver, mais à présent qu'il était réveillé il était incapable de se rappeler son rêve. Il avait un goût aigre dans la bouche.

Il chercha Ansel des yeux et découvrit qu'il était parti. Puis il se dirigea vers le rocher auquel il avait attaché Else. La corde était toujours là, disparaissant dans la neige, mais lorsqu'il tira dessus, il n'y avait plus personne au bout. Il la remonta jusqu'à lui et contempla fixement l'extrémité effilochée. Rongée ? Le dragon avait-il emporté sa proie en profitant de son sommeil, tel un poisson échappant à la vigilance du pêcheur assoupi ?

Non, ce n'était pas le dragon, comprit-il. Mais le garçon… Ansel. Il en éprouva quelque colère, mais surtout de la pitié, car Dieu ne laisserait plus le gamin vivre très vieux à présent qu'il avait trahi son ardent chevalier.

– Ansel ! rugit-il dans la tempête de neige. Else !

Aucune réponse ne lui parvint, hormis la plainte infernale du vent. Quelle bêtise de sa part de s'être endormi ! C'était la faute de l'air à cette altitude : il n'y avait pas assez d'oxygène pour qu'un homme puisse respirer convenablement. Il tendit la main vers son épée, la dégaina, puis enroula et noua la corde autour de sa taille au cas où il en aurait besoin au cours de sa descente. Grand Dieu ! Que la neige était arrivée rapidement ! Dans toutes les directions, le paysage était identique : une blancheur tourbillonnante.

– Ansel ! Où es-tu ? hurla-t-il en mettant ses mains

en porte-voix, avant de se rappeler que son jeune écuyer ne pouvait lui répondre.

– Else ?

Quelque chose sembla se mouvoir confusément derrière le voile de neige. La bête n'aurait tout de même pas l'idée de chasser en pleine tempête ? Et si ce n'était qu'un rocher en forme de dragon tapi dans la neige ? À moins qu'il ne s'agisse d'un dragon en forme de rocher ?

– Ansel ! rugit-il. À moi !

La neige le fit tournoyer sur lui-même. Il buta contre une énorme congère, perdit l'équilibre et tomba. Lorsqu'il se releva, le dragon était à quelques pas de lui et le regardait fixement.

Descendre, descendre, descendre... Le début des éboulis se trouvait au-dessous du vent de la corniche, ce qui leur épargnait le plus fort de la bise et de la neige, mais les deux enfants ne savaient pas plus où passait la piste improbable que s'ils l'avaient suivie les yeux bandés et en pleine nuit. Les pierres étaient gelées, prises en un bloc compact, et peut-être est-ce ce qui les sauva. Descendre, descendre, ils descendirent encore... ne délogeant guère plus qu'une poignée de cailloux et de petites pierres qui se volatilisaient dans la blancheur sans qu'Ansel entendît le moindre son. Else continuait à lui crier dans les oreilles, mais il ne l'entendait pas davantage.

Un peu plus bas dans la pente, la couche de neige

s'épaissit, recouvrant les grosses roches et les plus hautes pointes. Il devenait difficile de dire s'ils montaient ou s'ils descendaient. En tombant, Ansel lâcha la sacoche qu'il avait emportée et fut incapable de la retrouver. Puis des rochers commencèrent à émerger de toute cette blancheur, telles des taches de gras sur un tissu. Ils se retrouvèrent face à un roc de la taille d'une étable, contre lequel ils s'abritèrent et dont la surface était creusée de veines sinueuses, évoquant l'écorce des arbres. Ils en profitèrent pour secouer la neige qui collait à leurs vêtements, frissonnant, tapant dans leurs mains glacées, se serrant dans leurs bras pour se réchauffer. Le vent mugissait. La neige se précipitait à l'horizontale, donnant à Ansel l'impression troublante qu'il était toujours en train de marcher.

— Il est fou ! criait Else. Ton maître est fou ! La montagne produit ce genre d'effet sur certains hommes. Elle lui a fait perdre la tête ; sans parler du dragon ! Il est bien plus fou que les gens de Knochen…

Quelques instants plus tard, elle hurla de nouveau :

— Tu crois qu'il va nous retrouver ?

La tempête finit par se calmer. Le vent se désintéressa d'eux et partit tourmenter une autre montagne. Quelques derniers flocons voletèrent encore un peu, tels des papillons fourbus. Une lumière froide inondait la vallée. Le soleil apparut brièvement, écu blanc, sans chaleur ni couleur, derrière les nuages qui couraient dans le ciel. Petit à petit, Ansel et Else distinguèrent ce qui les entourait.

Ils ne se trouvaient pas où l'avait pensé Ansel. Dans la tempête, il avait cru qu'ils descendaient tout droit l'éboulis et qu'ils s'étaient arrêtés pour se reposer au bas de celui-ci, au milieu des rochers géants. Mais ce n'était pas le cas. Au lieu de cela, ils avaient coupé la pente en diagonale et s'étaient retrouvés sur un de ces étroits promontoires rocheux qui surplombaient le glacier. Tout au bout, à une dizaine de mètres d'Ansel et d'Else, se dressaient quatre sapins décharnés. La neige fraîche glissait le long de leurs branches et tombait en lourds paquets à leur pied dans un bruit étouffé. Juste en dessous, une grande dalle de pierre dressée protégeait une petite terrasse que la neige n'avait presque pas recouverte. Et, sur cette terrasse, quelque chose luisait au soleil.

– Est-ce que c'est Brock ? demanda Else avec un mouvement de recul, comme si elle avait vu le dragon lui-même.

Ansel secoua la tête. Non, ce n'était pas un homme sur ce rocher isolé. Était-ce simplement de la glace, ou quelque pierre brillante ? Mais il semblait y en avoir plusieurs. En effet… Alors que la tempête s'éloignait en direction de la plaine et que le ciel s'éclaircissait, il découvrit qu'il n'y avait pas qu'un objet brillant, mais des dizaines.

Sa curiosité lui fit oublier un instant ses pieds et

ses mains gelés, et la cheville qu'il s'était foulée au cours de sa descente dans le pierrier. Il s'engagea en boitillant sur le promontoire, clignant les yeux pour se protéger de la lumière aveuglante du soleil qui perçait sous la couche de nuages de plus en plus mince et se réverbérait sur le glacier encore couvert de neige en contrebas.

– Ansel ! Fais attention ! lui cria Else.

L'écho se répercuta dans les montagnes. À cinq cents mètres de là, un pan de neige, aussi volumineux qu'une grange dîmière, se détacha de la paroi et roula vers la vallée dans un grondement sourd et une nuée blanche. Else se retourna, la main plaquée sur la bouche. Ansel pressa le pas. Il traversa le tapis brun d'aiguilles, sous les sapins, et descendit par une faille entre deux rochers pour déboucher sur le promontoire qu'il avait repéré d'en haut. En sortant de la faille, il heurta quelque chose qui rebondit en faisant un bruit métallique : le plastron d'une armure de soldat, de la même couleur rouille que les aiguilles de sapin, aux lanières en voie de décomposition. Il l'examina attentivement, avant de s'attarder sur les autres objets éparpillés autour de lui sous la fine couche de neige.

Un miroir de dame.

Une lame de hallebarde.

Un collier de pierres précieuses.

Les boucles d'un harnais.

Un lambeau de tissu jaune détrempé.

D'autres pièces d'armure, certaines très rouillées, d'autres luisant encore faiblement.

Des pierres brillantes ; de petits tas de quartz tels que de menus monticules de neige sale, parcourus de veines d'or scintillantes.

Une des bottes en cuir framboise du frère Flegel.

Ansel regarda fixement la botte. On aurait dit qu'elle était tombée d'une autre planète. Pendant quelques instants, il ne comprit pas comment elle avait pu arriver en ce lieu.

Et puis il comprit.

« Je suis dans l'antre du dragon », se dit-il. Brock s'était trompé. La créature ne vivait pas sur les sommets. Ils étaient beaucoup trop froids, trop hauts et trop déchiquetés pour qu'un dragon puisse s'y établir. C'était ici qu'il nichait, sur cette terrasse.

Ansel entreprit alors de reculer tout doucement vers la faille par laquelle il était arrivé. Tout autour de lui, parmi le tapis d'objets brillants, il découvrit des ossements. Il ne les avait pas remarqués au premier abord, car la plupart étaient recouverts de lichen gris-vert, comme les pierres auxquelles ils étaient mélangés. C'était des os de bovins, des os de moutons, des os d'êtres humains, peut-être ceux du père d'Else : une phalange d'homme portant encore un anneau en fer dépoli ; un petit crâne qui roula lentement sur quelques centimètres en sonnant creux lorsque Ansel le heurta du talon.

Et au milieu de tous ces ossements, il y avait d'autres

objets brillants, ronds et jaunes comme des feuilles de bouleau en octobre : des pièces, des pièces d'or.

Ansel s'immobilisa. Il se figea sur place, affolé à l'idée que le dragon pût revenir d'un instant à l'autre, mais subjugué par l'éclat des pièces d'or. Elles avaient dû attirer de même le dragon. À l'instar des pies, la bête avait ramassé tous ces objets étincelants pour les apporter sur ce promontoire inaccessible. Les pièces étaient mêlées à des morceaux de fer rouillés, des charnières, une serrure, débris d'un coffre-fort dont le bois avait pourri depuis fort longtemps. Peut-être tous ces éléments avaient-ils brillé d'un vif éclat à l'époque où le coffre était neuf. Peut-être était-ce la raison pour laquelle le dragon s'en était emparé, ignorant qu'il contenait tout cet or.

Combien de temps un coffre en chêne massif mettait-il à se décomposer pour qu'il n'en reste rien ? se demanda Ansel. Depuis combien de temps le dragon hantait-il ces lieux en y amassant ses trésors ? Et pour quelle raison ?

Il se baissa. Il était sur le point de glisser les pièces dans sa poche lorsqu'il entendit battre les grandes ailes, juste au-dessus de sa tête.

Il se précipita dans la faille entre les deux rochers au moment où la bête piquait vers le sol et se posait à quelques mètres de lui. Perché au bord du promontoire, tournant le dos à Ansel, le dragon scrutait le glacier. Trop effrayé pour bouger ou respirer, le garçon se tapit au fond de sa cachette et l'observa, subjugué par le mouvement félin de va-et-vient du bout de sa queue zébrée qui fouettait le sol.

Le dragon replia les deux auvents de ses ailes et se tourna vers lui. Ansel crut que son cœur allait s'arrêter, certain que la bête avait senti ou flairé sa présence. Mais elle était plus intéressée par sa collection, à laquelle elle devait ajouter un nouveau joyau. Elle posa sa trouvaille et sautilla tout autour d'un air affairé, disposant ses trésors avec soin en les poussant délicatement du bout du museau. Sa dernière acquisition était plus rutilante que ses autres babioles, et se devait de figurer en bonne place, là où le soleil la ferait briller à son avantage.

Le dragon était si occupé à ses petits arrangements qu'il s'écoula un bon moment avant qu'Ansel pût voir quel était ce trophée. Une fois satisfait, l'animal se dirigea de nouveau vers le bord du promontoire, et le jeune garçon découvrit enfin ce qui l'avait tant absorbé.

Au sommet d'un amoncellement où se mêlaient morceaux de quartz et de métal trônait l'épée de Brock.

17

Else s'apprêtait à suivre Ansel en direction des sapins lorsque surgit le dragon. Elle aperçut du coin de l'œil l'éclat de ses ailes, aussi vif qu'une bannière de carnaval, sur le fond des champs enneigés. En une fraction de seconde, elle se recroquevilla dans la neige, rabattant sur elle du mieux possible sa peau de mouton crasseuse afin de dissimuler ses atours en lambeaux.

Il ne la vit pas. Peut-être n'était-il pas en quête de proie. Il tenait entre ses mâchoires un objet étincelant qui frappa d'un éclair brillant le regard d'Else au moment où il disparaissait derrière les sapins. Elle savait qu'il s'était posé sur la terrasse en promontoire. Ansel l'avait-il vu arriver ? Avait-il réussi à se sauver à temps ? Elle n'avait aucun moyen de le savoir.

Si quelqu'un d'autre avait été attrapé par le dragon, elle aurait au moins entendu les cris, mais, à son avis, l'animal lui-même n'aurait pas réussi à sortir Ansel de son mutisme. Elle l'imagina en train de se faire dévorer, sans un cri ni une plainte. Elle chassa d'un battement de cils les larmes qui lui montaient aux yeux.

– Je ne peux rien faire, hein ? murmura-t-elle à voix très, très basse. Soit il l'a pris, soit il ne l'a pas pris. Pauvre petit bout de chou. Je ne peux rien faire…

Elle attendit et guetta dans l'espoir de le voir accourir en trombe entre les sapins.

– Mais quel besoin avait-il d'aller là-bas ? L'imbécile ! L'imbécile !

Elle voulait se porter à son secours. Elle voulait se débrouiller pour descendre jusqu'à la terrasse et l'arracher aux griffes du dragon. Mais c'était une fille sensée : elle connaissait la différence entre la réalité et les histoires, et savait que ce genre de bravoure la conduirait inévitablement dans le ventre du dragon, au côté d'Ansel. Et, bien plus que délivrer Ansel, elle désirait vivre. Elle rebroussa chemin dans la neige et s'éloigna en songeant : « Pauvre petit bout de chou… »

Le dragon redressa la tête et chanta face au ciel qui s'éclaircissait. Un grondement sourd de basse de viole de gambe, suivi d'un cri strident. Il déploya les ailes. Il agita la queue. Il émit une série de notes brèves et aiguës, lancées comme des carreaux d'arbalète, et son chant se répercuta dans les montagnes en déclenchant de petites avalanches sur les pentes abruptes au-dessus du glacier. Ansel se boucha les oreilles et observa. La poignée de l'épée de Brock étincelait au milieu des trésors du dragon ternis par le temps, parmi lesquels une croix en or.

Brock était-il donc mort ? Le dragon l'avait-il découvert et dévoré ? Autrement, Ansel ne comprenait pas comment la bête aurait pu se procurer son épée. « S'il a tué Brock, raisonna-t-il, il me tuera et il tuera aussi Else ; personne ne pourra l'en empêcher. Si je ne l'avais pas détachée, songea-t-il encore, Brock aurait pu tuer le dragon. Son plan aurait pu fonctionner. Maintenant il est mort, et je suis coincé dans cette faille et le dragon va me manger… »

Le dragon continuait de chanter. Il effectuait d'étranges petits bonds, les ailes grandes ouvertes, un peu comme une danse, se dit Ansel qui se rappelait avoir vu, en compagnie de sa mère, quand il était petit, les oiseaux sautiller de la sorte dans les tourbières. Comme ils avaient ri tous les deux en regardant les curieuses évolutions du gibier d'eau au printemps ! Les mâles dodelinaient de la tête et marchaient en se dandinant sur leurs pattes grêles. Ils déployaient les plumes de leur queue, telles les cartes dans les mains d'un joueur, et tendaient leur bec vers le ciel.

« Ils se pavanent devant les femelles, lui avait expliqué sa mère. C'est leur façon de leur dire : "Regardemoi ! Vois comme je suis fier ! Comme je suis beau ! Je ferai un bon mari, petite poulette !" »

Le dragon reprit sa respiration et poussa de nouveau sa chanson. Il se retourna d'un coup, les ailes toujours déployées, brandissant sa queue emplumée comme un étendard. Il inclina la tête en direction des montagnes tout en scrutant le ciel.

« Il attend une femelle, comprit Ansel. Il attend une dragonne parce qu'il veut bâtir un nid et avoir des dragonneaux. »

Pendant un instant, rien qu'un bref instant, Ansel n'eut plus peur du tout de l'animal. Il éprouva même de la compassion à son égard. Il comprenait dans une certaine mesure quelle pouvait être sa solitude. Depuis combien de printemps apportait-il ainsi dans sa tanière toutes sortes d'objets brillants pour la décorer et lançait-il son cri nuptial dans le ciel désert ? Jusqu'où avait-il voyagé, ce cri, et combien de montagnes avait-il franchies afin d'être entendu par un autre animal de son espèce ? En vain… Sans aucune réponse à ses appels, hormis leur écho répété de rocher en rocher et le grondement des avalanches. Et les années avaient passé, et aujourd'hui il était âgé et il ne désirait plus que la compagnie d'un de ses semblables. Mais peut-être n'y en avait-il plus. Peut-être étaient-ils tous morts.

Soudain, au beau milieu de sa danse, il s'immobilisa.

Il baissa la tête et changea d'attitude. Il avait flairé une odeur. « Un autre dragon ? » en vint presque à espérer Ansel.

Mais non.

C'était lui que le dragon avait senti.

L'animal tourna la tête et posa sur lui son œil jaune. Puis, retroussant sa babine écailleuse, il gronda.

Ansel s'enfonça davantage dans l'anfractuosité. Il se blottit dans un espace si exigu qu'il dut se mettre de profil pour y faire tenir ses épaules, tandis que sa tête était prise en tenaille entre les deux parois, l'obligeant à tourner le visage vers le dragon.

Celui-ci traversa lentement la terrasse. Il écrasa des débris de carcasse sous ses pattes, dérisoires brins d'osier sec sous son poids, et introduisit le museau dans la faille. Ses serres crissèrent contre les parois qu'il s'efforçait d'écarter, comme si Ansel était une huître et les rochers sa coquille. Son haleine pestilentielle envahit aussitôt la faille. Ansel se mit alors à prier, mais le dragon rugit, l'interrompant net. Le garçon se demanda s'il n'était pas déjà dans sa tombe. Plus loin, la faille s'élargissait et débouchait sur le petit bois de sapins, par lequel il était arrivé. Jamais il n'oserait repasser par ce chemin. Le dragon n'aurait qu'à ouvrir les ailes pour y être en un instant et l'y attendre. Et quand bien même le monstre en aurait-il assez de patienter et le laisserait-il tranquille, Ansel ne saurait jamais s'il était véritablement parti ; la bête pourrait fort bien se tapir à la sortie et le guetter, comme un chat posté devant un trou de souris.

« À un certain moment, il aura forcément faim, se rassura Ansel. Et il s'envolera pour se trouver un repas plus accessible. Dès que je l'entendrai battre des ailes, je sortirai de ma cachette. »

Mais combien de temps cela prendrait-il ? Il faisait froid entre ces rochers. Il n'y avait pas pensé quand il s'était glissé dans l'anfractuosité, où le soleil ne pénétrait jamais. Les parois étaient luisantes de glace et de mousse givrée, et le souffle d'Ansel se transformait en vapeur blanche. Celui de la bête également. Deux volutes de fumée jumelles sortaient de ses naseaux comme un dragon de contes de fées. Ansel s'enfonça davantage dans la faille glaciale et s'y pelotonna.

Soudain, il y eut comme un son de clarine sur la terrasse. Le dragon grogna de nouveau et se redressa, sortant la tête de l'excavation pour regarder derrière lui. Une pierre tomba et roula quelque part. Puis une autre, qui heurta cette fois un bouclier rouillé. Le dragon fit demi-tour et repartit rôder sur la terrasse.

– Ansel !

Ansel essaya de regarder derrière lui, puis en l'air. Le visage rond d'Else apparut en haut de la faille, se détachant sur une fine bande de ciel. Ansel la revit dans l'éboulis, en train de bombarder le dragon avec sa fronde.

La bête rugit. Un son féroce, différent des meuglements qu'elle poussait peu auparavant.

— Cours, Ansel ! souffla Else, mais le dragon l'entendit.

Ansel le vit prendre son essor, les ailes grandes écartées. Il entendit Else pousser un cri perçant alors que l'animal tournoyait au-dessus d'elle, et il se retrouva en train de courir, sans savoir comment ni pourquoi, et sans même avoir eu conscience d'avoir bougé de sa place. C'était comme si une main de géant l'avait extirpé de la faille et jeté sur la terrasse. Il se prit la cheville dans les côtes de quelque squelette humain et trébucha, avant d'attraper l'épée de Brock et de la traîner tant bien que mal. Sous l'épée, il y avait un vieux bouclier qu'il ramassa. Des écailles de peinture vive s'en détachèrent. Elles tourbillonnèrent autour de lui comme des flocons de neige multicolores quand il passa ses bras dans les deux lanières de cuir. L'une d'elles se rompit, décomposée par des années d'humidité, mais l'autre résista. Ainsi armé, il retourna dans la faille et de là grimpa vers le bosquet de sapins. Else hurlait quelque part au-dessus de lui. L'ombre des immenses ailes du dragon battait dans la portion de ciel visible. Le bouclier lui cognait douloureusement les genoux et l'épée qu'il remorquait raclait les rochers en projetant des étincelles sur son passage.

Lorsque Ansel déboucha à l'air libre, Else se trouvait au milieu des sapins, là où les branches, lourdes de neige, ployaient jusqu'à terre. Le dragon ne cessait de plonger le museau pour l'attraper, puis de le retirer, effarouché par les paquets de neige qui tombaient des branches les plus hautes en explosant derrière lui. Else courait à quatre pattes sur le tapis brun des aiguilles de sapin, essayant de lui échapper. Elle s'efforçait de ne pas faire de bruit, mais les cris et les gémissements qu'elle poussait malgré elle incitaient d'autant plus le dragon à s'emparer d'elle.

Ansel s'avança dans la neige en direction de la bête. Celle-ci ne l'avait pas senti arriver, à moins que la présence du garçon ne lui fût désormais indifférente. Sa queue s'agita devant lui, ses plumes battirent l'air, et Ansel dut faire un bond en arrière pour éviter d'être assommé. Il brandit au-dessus de sa tête la trop lourde épée de Brock, laissant pendre le bouclier. Le dragon s'élança de nouveau en avant, fouillant l'obscurité sous les sapins à la recherche d'Else. Sa queue reposait à présent comme un serpent sur un rocher enneigé. Presque sans réfléchir, Ansel abattit son épée, si lourde qu'elle sembla ne faire que tomber, entraînant ses mains avec elle. Il la regarda tomber… Elle atteignit la queue du dragon à quelques centimètres de l'extrémité et la trancha à demi.

Le sang jaillit, gicla et dessina aussitôt sur la blancheur de la neige une tache d'un rouge sombre. Le dragon poussa un cri strident, et le son qui éclata dans la tête d'Ansel était écarlate lui aussi. Il lâcha l'épée en vacillant et s'écarta, alors que le ver faisait volte-face, rugissant de douleur et de rage. Les montagnes rugirent avec lui, tandis qu'avalanches et

échos retentissaient entre les rochers, témoins pétri-
fiés. Des tas de neige tombèrent des sapins, heurtant
le dragon sur le côté et manquant de renverser aussi
Ansel qui cherchait à échapper à la bête. Le bouclier,
toujours retenu à son bras par son unique lanière,
gênait sa fuite. Le jeune écuyer essaya de s'en débarrasser, mais comme la lanière s'était prise dans ses
vêtements, il dut le traîner avec lui telle une aile brisée, progressant avec peine dans la neige profonde
en direction des rochers les plus proches.

Derrière, le dragon grondait et gémissait. Tout
autour de lui, la neige se marbrait de longues traînées
rosâtres. Il dressa la queue, mais l'extrémité, presque
entièrement sectionnée, ne suivit pas. Déployant les
ailes et rugissant de nouveau devant Ansel, il s'éleva
avec peine, tant sa blessure le déséquilibrait ; il vira
sur le flanc et alla s'écraser contre un arbre, déclenchant une nouvelle chute de neige et chassant Else
du couvert des branches basses. La jeune fille suivit
Ansel vers les rochers où ils cherchèrent tous deux
un endroit pour se cacher : une grotte, un surplomb,
même une faille comme celle dans laquelle Ansel
s'était retrouvé acculé. Mais il n'y avait rien de tel :
seuls cinq gros rochers en demi-cercle étaient perchés en haut d'une pente couverte de neige qui descendait abruptement vers le glacier.

Le dragon émit un nouveau rugissement, non loin
derrière eux. Ils virent son ombre incertaine et chan-
celante se dessiner sur la neige, au-delà des rochers.

Distraite par cette ombre, Else fit un faux pas et tomba la tête la première, roulant dans la pente sur une dizaine de mètres avant de parvenir à s'arrêter. Le dragon rugit. Et c'est ce bruit qui donna une idée à Ansel. Brandissant le bouclier au-dessus de sa tête, il se fraya un chemin à la suite d'Else dans le sillon qu'elle venait de tracer à travers la poudreuse. Il la rejoignit au moment où elle se relevait et essuyait fébrilement la neige qui lui recouvrait le visage. Ansel dégagea son bras du bouclier en en arrachant la lanière et posa celui-ci sur la neige.

Else le regarda faire et comprit aussitôt. L'ombre furieuse du dragon les enveloppa. Perché au sommet de la crête, il rugit, effrayé à la perspective de les suivre dans la neige profonde, effrayé à celle de s'envoler avec la queue brisée. Il rugit, et regarda Else et Ansel s'asseoir sur le bouclier. Il n'y avait pas assez de place pour deux, mais ils se serrèrent, et dès qu'Ansel eut soulevé les pieds, le bouclier commença à glisser sur la neige.

Le dragon les vit lui échapper et prendre peu à peu de la vitesse. Il s'élança derrière eux, mais la neige céda sous son poids et il faillit tomber, fouettant l'air de sa queue mutilée afin de garder l'équilibre et semant sur son passage des myriades de petites taches rouges comme autant de pétales écarlates. Il rugit encore une fois, mais Ansel et Else l'entendirent à peine, assourdis par le crissement aigu du bouclier qui filait à grande vitesse sur la neige. L'écu dévala la pente en tournoyant sur lui-même avant de les projeter, haletants et étourdis, dans une congère au beau milieu du glacier.

Le dragon avait disparu. Il ne restait plus, sur le promontoire rocheux derrière eux, que les quatre sapins.

– Où est-il ? demanda Else en tendant le cou, alors que les rochers tournaient vertigineusement autour d'elle.

Ansel regarda à son tour : nulle trace du dragon.

Else s'assit et posa la main sur le bouclier.

– Quand j'étais petite, l'hiver, à Knochen, on s'amusait à descendre les champs sur des luges en bois, dit-elle avec une sorte d'émerveillement dans la voix, comme si ce souvenir était une découverte surprenante. Quand j'ai vu arriver le dragon, j'étais persuadée qu'il t'avait attrapé, ajouta-t-elle en levant les yeux sur Ansel. J'étais en train de me sauver. Je croyais que j'avais bien trop peur pour tenter d'aller te chercher. J'étais à mi-chemin, quand j'ai compris qu'en fait, non, je n'avais pas peur. Ce n'est pas le genre d'endroit où il fait bon être abandonné, hein ?

Ansel secoua la tête et sourit.

La jeune fille renoua son foulard qui s'était défait, libérant des mèches de cheveux sales qui lui tombaient sur le visage. Elle scruta de nouveau les rochers en plissant les yeux d'un air soupçonneux, comme s'il s'agissait d'êtres humains en qui elle n'avait aucune confiance.

– Il est parti, annonça-t-elle. Peut-être que tu l'as

tué. Il a dû se vider de son sang avec la blessure que tu lui as faite. Tu lui as tranché la queue comme une saucisse ! En tout cas, il ne peut plus voler. Il va aller se traîner dans un coin et y mourir. Le tueur de dragons, ce n'est pas le vieux Brock, c'est toi !

Ansel secoua la tête, certain de n'avoir que blessé le dragon et réussi probablement à le mettre en colère. Il se leva et s'éloigna, s'enfonçant dans la neige épaisse. À peine avait-il fait quelques pas qu'un gouffre s'ouvrit devant lui. Risquant un coup d'œil dedans, il y vit tout un monde de verre, de glace bleutée et cannelée, d'ombres figées. Si leur luge improvisée les avait conduits quelques mètres plus loin, ils auraient été précipités au fond. Son cœur lui battit à cette seule vision. Il regarda autour de lui et découvrit, sur toute la surface du glacier, des crevasses et autres pièges semblables, cuvettes, excavations, sinistres fissures que dissimulait la neige. Vus d'en haut, on aurait simplement dit des ombres. Il avait cru possible de dévaler la pente sur le vieux bouclier, mais force était de constater qu'ils devraient continuer à pied. En outre, la nuit n'allait pas tarder à tomber, et ils n'avaient rien à manger…

Le sentiment de triomphe qu'il avait éprouvé en repoussant le dragon s'évanouit. Ce n'était pas seulement le ver qui cherchait à le tuer, mais la montagne également. Et la montagne était plus dangereuse que le dragon, car ce dernier voulait simplement le manger, alors que la montagne, elle, ne voulait rien du tout.

Mais Else semblait presque joyeuse. Au point qu'Ansel se demanda si leur folle descente ne lui avait pas dérangé l'esprit. Elle chantonnait tout en déchirant de longues bandes au bas de sa robe en feutrine afin de faire tenir autour de ses pieds écorchés et engourdis ses bottillons en lambeaux.

– On peut redescendre à partir d'ici, dit-elle. On peut suivre le glacier, en se laissant glisser tout doucement, jusqu'au bout. Il y a un lac, et encore un autre en dessous, et une rivière qui descend dans la vallée.

Elle se leva, prit Ansel par la main, et ils se mirent en route, marchant dans la neige craquante, trébuchant contre les aspérités et dérapant sur les courtes déclivités abruptes qui parsemaient la surface du glacier comme des vagues gelées.

– Nous n'allons pas retourner à Knochen, dit-elle en boitillant. Pas après ce qu'ils m'ont fait subir. Nous préviendrons ma mère et nous partirons tous ensemble vers les basses terres. Elle s'occupera de toi, Ansel, quand elle saura ce que tu as fait pour moi. Ansel, le tueur de dragons…

Elle lui sourit, pour la première fois pleine d'espoir depuis qu'il l'avait rencontrée. Elle souriait encore lorsque le dragon se posa derrière eux dans une explosion de neige. Il retomba lourdement, ses serres acérées crissant sur la glace. Else hurla, et des deux côtés de la vallée la neige lui répondit sous forme de rubans blancs qui se déroulaient entre les rochers austères. Mais ils étaient loin, et le dragon les ignora. Tout comme il ignora Else, pour marcher résolument sur Ansel, qui tenta de reculer. Toutefois, en sentant sous ses pieds une certaine souplesse, le garçon comprit qu'il ne se trouvait plus sur de la glace ferme, mais sur une couche de neige glacée que le blizzard avait accumulée au-dessus d'une crevasse.

Il baissa les yeux et fit encore un pas en arrière, curieux de voir ce qui allait se passer. Il y eut un léger craquement lorsque, quelque part sous lui, une couche de neige se détacha et s'effondra dans un gouffre bleu.

Else s'était tue et observait la scène, recroquevillée une dizaine de mètres plus loin, à demi cachée par la neige que le dragon avait soulevée en se posant. Ansel savait qu'elle se tenait parfaitement immobile et silencieuse dans l'espoir que la bête le dévorerait lui et non elle, et il ne lui en voulait pas, car à sa place il aurait fait de même. Il la regarda, puis il regarda le dragon et se dit que, quitte à tomber dans une crevasse, autant entraîner le dragon dans sa chute. Il se rappela la phrase d'Else : « Ansel, le tueur de dragons… » Peut-être, une fois de retour au village, ou à la ville, ou n'importe où ailleurs, raconterait-elle aux gens ce qu'il avait fait, tandis qu'il reposerait avec le dragon au cœur du glacier qui, petit à petit, les entraînerait au pied de la vallée, dans la plaine, jusqu'au jour où, un siècle plus tard ou davantage, quelqu'un découvrirait leurs cadavres dans le lac glaciaire, et tout le monde saurait que l'histoire d'Ansel le tueur de dragons était véridique.

Cette pensée lui procura, certes, une sorte de réconfort, mais qui ne suffit pas à le réchauffer.

Le dragon s'immobilisa et l'observa attentivement, comme s'il le soupçonnait de manigancer quelque chose. Ansel savait bien qu'il ne pourrait pas lui résister. Brock avait raison : il fallait un appât humain pour attraper un ver. Toutefois, il n'était pas indispensable que ce fût une fille. N'importe qui aurait fait l'affaire.

Il agita les bras pour effrayer le dragon. Il mit ses doigts dans la bouche pour l'élargir en une horrible grimace et tira la langue. Il exécuta une petite danse et ne s'arrêta que lorsqu'il entendit une nouvelle strate de neige s'effondrer et sombrer dans le néant. Un trou, tout petit et inquiétant, s'ouvrit alors entre ses pieds, accompagné d'un chuintement. Il le regarda fixement, et faillit ne pas voir le dragon qui se précipitait sur lui.

L'animal fonçait à toute allure, tête baissée, ailes repliées, s'appliquant à ne pas s'envoler avec sa queue brisée. Il parcourut l'espace qui les séparait en moins de temps qu'Ansel ne l'aurait cru possible, et au moment où il allait l'atteindre, la neige céda sous ses pieds, et le gouffre les engloutit tous les deux.

18

Brock n'était pas mort. Il avançait à tâtons dans l'univers vierge et blanc laissé par le blizzard, se tenant le plus près possible du côté des rochers où la neige ne lui arrivait qu'aux genoux et non jusqu'aux hanches. Il avait perdu son épée.

– Ansel ! appelait-il. Else !

Alors que la tempête de neige commençait à se calmer, il avait repéré le dragon et le dragon l'avait repéré aussi. Celui-ci avait dû entendre les cris d'Else et se lancer à sa poursuite, lorsque le blizzard l'avait surpris. Son hideux museau était recouvert d'une croûte de neige, qui s'était également accumulée entre les écailles, à la façon dont elle se dépose parfois entre les pierres des murs. Brock le regarda droit dans les yeux et lui dit, aussi vaillamment que possible :

– Au nom de saint Michel et de saint Georges…

Sa voix tremblait de froid et de peur. Le dragon, comme à son habitude, ne dit rien. Il battit des ailes, les faisant claquer comme une toile de tente dans le vent. Éberlué, Brock en arriva peu à peu à la découverte qu'Ansel avait faite la veille : le dragon n'était pas une créature diabolique, ce n'était qu'un animal.

La bête bondit sans prévenir et Brock abattit son épée en avant alors que la longue tête fonçait sur lui. La lame tinta sur les écailles dures comme du silex, tandis que, sous le choc, la poignée de l'épée échappait des doigts gelés de Brock. Le dragon hurla et se déporta gauchement sur le côté. Se rappelant la façon dont celui-ci s'était servi de sa queue comme d'une arme redoutable, Brock savait ce qui allait se produire, mais il était trop engourdi par le froid pour réagir. La bête le frappa à la tête, lui assenant un coup qui l'étendit raide dans la neige. Brock sentit un goût de sang dans sa bouche : il s'était mordu la langue. Le dragon gronda furieusement, mais il ne s'approcha pas de lui. Peut-être les vestiges de son armure le troublèrent-ils et lui firent-ils penser qu'il n'était pas comestible ? À moins qu'il n'eût craint que l'homme ne le blessât encore une fois. Un filet de sang perla à la surface de son museau entaillé, dont la couleur rouge vif luit aussitôt qu'un pâle soleil eut fait son apparition entre deux nuages.

L'épée de Brock étincela dans la lumière, plantée droit dans une congère, telle Excalibur. Le dragon tressaillit et tourna vivement la tête. Puis il s'avança avec précaution, secouant à chaque pas la neige qui collait à ses pattes griffues. Il flaira l'épée. Puis, penchant la tête, il saisit la lame entre les dents.

Brock le regarda faire, trop médusé pour se relever ou même crier.

Le dragon ne prêta aucune attention à lui. Il souleva la belle arme rutilante, ouvrit les ailes et s'éleva malhabilement, déclenchant une nouvelle petite tempête de neige poudreuse alors qu'il écrêtait les congères et passait au-dessus de Brock avant de disparaître.

Au bout d'un certain temps, Brock parvint à se relever. Il avait la nuque raide et la langue enflée après le coup qu'il venait de recevoir, mais aucune autre blessure. Il songea à Else et à Ansel, et eut soudain honte de ce qu'il avait fait. Où étaient-ils ? se demanda-t-il en scrutant la blancheur environnante. Le dragon les avait-il retrouvés dans la tempête ? Se cachaient-ils quelque part, du dragon comme de lui, sans qu'il pût les en blâmer ? Il pesta contre lui-même. Il était censé les protéger. Il n'était donc pas très étonnant que Dieu ne lui ait pas permis de vaincre le dragon…

Il n'y avait pas la moindre trace de pas dans la neige fraîchement tombée.

– Else ! Ansel ! Pardonnez-moi ! criait-il en avançant péniblement.

Aucune réponse, hormis l'écho se répercutant sans fin au-dessus de la neige et que lui renvoyaient les rochers noirs. Puis le cri du dragon, au-delà de la crête. Brock s'arrêta, figé sur place comme une statue de bronze, l'oreille aux aguets. Le hurlement retentit une fois encore, puis une autre, et Brock eut l'impression d'entendre en même temps le cri strident d'Else.

Il se retourna, cherchant à démêler l'écho du son d'origine. On aurait dit qu'il venait de l'autre côté de la crête. Il grimpa à grand-peine dans cette direction, cherchant à tâtons le couteau qu'il avait à la ceinture et qui était désormais l'unique arme à sa disposition.

Il se fraya un chemin entre les rochers recouverts d'une croûte de neige et fit halte au sommet du pierrier pour avoir une vue d'ensemble. En contrebas, sur le glacier, il aperçut un éclat de couleur, la seule tache vive dans cet univers monochrome. La robe d'Else. Il s'élança dans l'éboulis en direction du vêtement, glissant et tombant, se relevant et dévalant la pente sur plusieurs mètres, soumettant son armure à rude épreuve, la malmenant et meurtrissant sa chair en dessous.

– Else ! s'époumona-t-il. C'est moi ! Brock !

Else leva les yeux et le vit venir à elle. Elle n'avait pas peur. Elle souffrait beaucoup trop pour avoir peur. Quand le dragon s'était posé à côté d'elle, elle s'était jetée en arrière et s'était pris le pied dans une fissure, dissimulée par la neige. Cassé, craignit-elle tout d'abord ; une mauvaise entorse, dans le meilleur des cas. Et elle était restée par terre, impuissante, à regarder Ansel affronter le dragon, avant qu'il tombe avec la bête au fond de ce trou noir qui s'était ouvert sous ses pieds. Elle était convaincue de ne jamais plus pouvoir quitter cette montagne. De sorte que Brock ne lui fit pas du tout peur lorsqu'il apparut. Elle se redressa et le regarda approcher, minuscule silhouette qui grandissait à vue d'œil, peinant et bataillant pour la rejoindre, et hurlant par intermittence :

– Else ! Pardonne-moi ! J'ai eu tort de vouloir me servir de toi ainsi. Ma haine du dragon m'a rendu fou. Il faut me croire ; jamais je n'aurais laissé cette créature te faire du mal…

Else décida de lui pardonner. Si en effet ils étaient les seuls survivants sur cette montagne, ç'aurait été idiot de lui garder rancune.

– Où est Ansel ? demanda Brock quand il fut plus près d'elle. Et le dragon ? Est-ce que tu as vu le dragon ?

Alors, sans un mot, Else lui montra le gouffre où avaient disparu la bête et le garçon.

19

Ansel heurta la glace bleue, suffisamment fort pour en avoir le souffle coupé. Il heurta la glace bleue et glissa, cherchant à s'accrocher à n'importe quoi, là où il n'existait aucune prise, martelé par la neige qui s'abattait sur lui. Il finit par s'arrêter une dizaine de mètres plus bas, recueilli dans sa chute au creux d'une cuvette de glace, bouche bée et le nez levé vers le ciel si lointain. Le plafond de neige s'était à moitié effondré, laissant pénétrer un rai de lumière dans la crevasse. Les parois de glace s'écartaient, parcourues de profondes fissures et d'étranges ombres bleues. Des stalactites plus grandes qu'Ansel pendaient des bords du gouffre. Certaines se détachèrent et se brisèrent dans un tintement de carillon.

Ansel bougea précautionneusement la tête et cherchait des yeux le dragon. Il était tombé avant lui et gisait plus au fond de la crevasse, complètement coincé, une des ailes dressée en l'air, telle une voile, de sorte qu'il faisait penser à une barque échouée. Il était parfaitement immobile. « La chute l'a tué ! » exulta le garçon, juste avant de commencer à en douter, parce que l'animal était beaucoup plus gros, plus féroce et plus vif que lui, et, surtout, que la chute ne l'avait pas tué, lui, Ansel. Il tendit l'oreille un long moment, mais il ne l'entendit pas bouger.

En revanche, une voix venant d'en haut lui parvint ; elle criait son nom.

– Ansel ! Tu es là, petit ?

Il leva la tête et vit Brock, penché au bord de la crevasse, qui le regardait.

– Dieu soit loué ! s'exclama le chasseur de dragons en découvrant le visage d'Ansel tendu vers lui. Il est vivant ! cria-t-il en se retournant à quelqu'un derrière lui, Else probablement, avant de s'adresser de nouveau à Ansel. J'ai la corde. Nous allons te l'envoyer…

Brock disparut, décrochant au passage un petit paquet de neige qui tomba dans les yeux d'Ansel. À peine l'eut-il essuyée que Brock était de retour avec la corde. Ansel se leva avec maintes précautions et, debout sur la glace trompeuse, il tendit les mains vers l'extrémité de la corde qui descendait par saccades. « Dès que je l'aurai attrapée, se dit-il, je serai pratiquement sauvé. »

Mais les choses n'allaient pas être aussi simples.

– Le dragon d'abord ! cria Brock.

Ansel crut qu'il avait mal entendu. Les parois de glace cannelées faisaient résonner les voix étrangement. Avaient-elles déformé les paroles de Brock ? Son maître ne pouvait pas avoir voulu dire…

– Le dragon ! répéta Brock à haute et intelligible voix, montrant du doigt l'endroit où gisait la bête. Tu ne crois tout de même pas que j'ai l'intention de me retrouver devant cet arrogant landgrave sans mon trophée ? Pas après les épreuves que j'ai traversées. Passe-lui la corde autour, petit !

Ansel considéra le dragon. Son odeur animale avait commencé à imprégner l'air froid et pur. Mort ou vif, il ne voulait plus rien avoir à faire avec lui. Mais Brock était son maître, et c'était lui qui tenait la corde à l'autre bout. Il n'avait pas d'autre choix que de lui obéir.

Il descendit donc tout doucement vers la bête, espérant que la corde serait trop courte. Mais elle était fort longue. Brock se déplaça au bord de la crevasse afin d'envoyer la corde juste au-dessus du dragon. Ansel attrapa l'extrémité. La tête du dragon n'était pas tournée vers lui et il en fut content : l'animal gisait en travers, sur deux monticules de glace, de telle façon qu'Ansel n'eut aucun mal à glisser la corde sous son corps massif et d'en faire deux tours avant de l'attacher solidement.

– Parfait, petit, dit Brock. Maintenant, grimpe.

J'ai besoin de toi là-haut pour m'aider à remonter la bête ! Allez, Ansel, tu vas y arriver sans mal. Grimpe !

Ansel n'y arriva pas sans mal, mais il y arriva. Serrant ses doigts gourds autour de la corde mouillée, il se hissa centimètre par centimètre le long de la paroi glacée. Lorsqu'il fut à leur portée, Brock et Else se penchèrent, le saisirent par les bras et le hissèrent avant de le déposer au bord du gouffre, à l'air libre. Le soleil de l'après-midi dardait ses rayons sur la neige ; il n'était pas très fort, mais il parut chaud à Ansel qui remontait de l'abîme glacial.

– Maintenant, le dragon, dit Brock.

Ils s'attelèrent à la corde, s'arc-boutèrent et tirèrent, un peu inquiets d'être entraînés au fond de la crevasse par le poids de l'animal. Mais ce dernier fut remonté sans difficulté ; il pesait son poids, certes, mais il était beaucoup moins lourd que ne l'avait imaginé Ansel. Des os creux, songea-t-il. Comme un gros oiseau. Après un ultime effort, il apparut au bord du gouffre, la queue en premier, puis les ailes mollement dépliées, tel qu'une oie de Noël.

Alors seulement, en le voyant étendu sur la neige, en plein soleil, ils s'aperçurent qu'il vivait encore. Un souffle chaud et ténu s'exhalait à intervalles réguliers de ses naseaux ; son poitrail écailleux se soulevait et s'abaissait lentement. Songeant à la façon dont il venait de le ligoter et à la facilité avec laquelle cette bête aurait pu se réveiller et lui arracher la tête, Ansel se retourna pour vomir, tandis qu'Else, reculant sur les fesses en traînant sa jambe blessée, répétait d'un ton presque fâché :

– Tuez-le ! Tuez-le ! Tuez-le !

Brock n'avait pas besoin de ses conseils. Il sortit son couteau et s'approcha du dragon en se demandant où il valait mieux frapper : à la gorge ? au cœur ? Puis, peu à peu, sa détermination parut le déserter, et il abaissa de nouveau le couteau.

– Tuez-le, messire ! insista Else.

– Pas ici, dit Brock.

Après avoir coupé une brasse de corde, il l'enroula autour du museau du dragon et la noua fermement. Il coupa un autre morceau, avec lequel il attacha les deux pattes de la bête, afin de l'entraver. Else et Ansel le regardaient faire. Il serra le dernier nœud et se retourna vers eux d'un air triomphant.

– Pas ici. Les gens risqueraient de ne pas y croire. Si je rapportais sa tête, les hommes pourraient dire qu'il ne s'agit que d'une tête de corcodrile ou d'un autre animal. Ces subterfuges sont connus, ce me semble. Non, je tuerai ce dragon sur la place de la ville, sous les yeux du landgrave, de l'évêque et de toute la population.

– Et comment comptez-vous le ramener à la ville, messire ? demanda Else avec humeur. Je suppose que c'est nous qui allons le remorquer jusque-là, c'est cela, non ?

– Il est léger, affirma Brock. Vous avez vu comme

il est léger. Nous allons fabriquer une espèce de traîneau avec des branches de sapin. Ça descend tout du
long. Nous tirerons l'animal sur la neige. Et quand
nous serons un peu plus bas, tu pourras courir devant
et demander du renfort au village.

— Je ne peux courir nulle part, répondit Else.

— Eh bien, Ansel alors.

« Et si jamais il se réveille pendant qu'on le descend sur son traîneau ? s'inquiéta Ansel. Et s'il se
réveille et que ça lui déplaît d'être transporté en traîneau ? »

Il regarda Else et vit qu'elle pensait la même chose
que lui. Mais ce n'était pas le cas de Brock. Brock
tournait autour de son trésor, vérifiant la solidité des
nœuds, l'air d'un homme convaincu que Dieu avait
été à ses côtés depuis le début.

20

Quand les paysans de Knochen virent Ansel dévaler la pente derrière le village, ils le prirent pour un
fantôme. Et, à vrai dire, il en avait tout l'air : dépenaillé, hagard et blême, d'une pâleur accentuée par
les écorchures et les ecchymoses. Même lorsqu'il fut
plus près, qu'ils virent son ombre et entendirent les
cailloux rouler sous ses pieds qui trébuchaient de
manière bien réelle, ils ne purent s'empêcher de se
tenir à distance. Ils ne s'attendaient pas à revoir
quelque membre de cette expédition, encore moins
depuis que Bretzel, le poney de bât, était redescendu
tout seul de la montagne, la veille, le regard fou, en
sang et couvert d'écume. Comme, pour la plupart, ils
avaient refusé de s'approcher du poney, certains que

cela leur porterait malheur, ils se tenaient loin d'Ansel. Il leur semblait qu'il n'avait pu survivre à ces nuits passées sur la montagne du dragon qu'en vendant son âme au diable. Et peut-être même avait-il promis les leurs à son nouveau maître…

Ce fut la mère d'Else qui rompit le silence, estimant probablement qu'elle n'avait plus rien à perdre. C'était elle qui s'était occupée de Bretzel, l'avait apaisé, pansé, soulagé de ses blessures en les tamponnant d'eau salée.

– As-tu vu ma petite dans la montagne ? lui demanda-t-elle en le saisissant par les épaules, l'attrapant fermement pour s'assurer qu'il était bien vivant.

Elle lui toucha les mains, le visage, écarta ses cheveux, découvrit les égratignures qu'il avait sur le front.

– As-tu vu mon Else ?

Ansel la dévisagea à son tour. Il était un peu abasourdi de se retrouver le point de mire de tout ce monde. Jusqu'à présent, son univers s'était limité à Brock, Else et le dragon. Il avait oublié qu'ils n'étaient pas seuls au monde. Il regarda la mère d'Else, et comprit enfin quelle était sa question.

Il hocha la tête.

Alors, elle le prit dans ses bras et tous les villageois firent cercle autour de lui, insistant pour savoir si le dragon était mort, si le chasseur de dragons avait eu le dessus. Et tout ce qu'Ansel pouvait faire, c'était acquiescer. Il savait que s'il laissait entendre que la bête était toujours en vie, jamais ils n'accepteraient de monter dans la montagne pour leur fournir l'aide dont ils avaient besoin.

– Et frère Flegel ? demanda quelqu'un.

Ansel secoua la tête.

Il avait laissé Brock et Else à la limite des neiges éternelles. Le dragon gisait bien ligoté sur le traîneau de fortune qu'ils lui avaient confectionné. Il avait repris connaissance au cours de la nuit, et c'était ses efforts pour se libérer et ses rugissements assourdis mais menaçants qui les avaient réveillés. Mais les cordes avaient tenu, et à présent la bête était tranquille, apparemment résignée, et fixait le ciel d'un œil jaune et mauvais.

Au début, les villageois refusèrent d'approcher. Ils se signèrent frénétiquement ou se cachèrent le visage, horrifiés par cette chose que Brock avait redescendue de la montagne. Brock dut d'ailleurs user de menaces pour qu'ils se décident à l'aider.

– Voici Else ! dit-il en montrant la jeune fille dans les bras de sa mère.

Les deux femmes enlacées faisaient face aux villageois et semblaient les mettre au défi de chercher à les séparer de nouveau.

– Voici la jeune fille que vous étiez prêts à offrir en sacrifice au monstre comme sur un autel païen, reprit Brock. Dois-je rapporter à votre landgrave la façon dont vous l'avez traitée ? Dois-je rapporter à votre évêque le peu de foi que vous avez en la bonté de Dieu envers cette montagne ? Ou allez-vous m'aider à transporter cette bête jusqu'à la ville afin que le monde entier puisse la voir terrassée ?

Les villageois restaient muets. Brock les effrayaient au moins autant que le dragon. Aussi dépenaillé que le petit garçon, il avait une lueur dans les yeux qui laissait croire que sa dernière nuit passée dans la montagne avait fait de lui soit un fou soit un saint – dans les deux cas un homme devant lequel il valait mieux s'incliner. Ils ne semblaient pas décidés à bouger, mais quand Else s'assit sur la queue du dragon et les toisa avec un sourire narquois, un homme, puis un autre se détachèrent de la foule et s'approchèrent pas à pas du monstre, de plus en plus, reculant brusquement dès qu'il émettait le moindre bruit ou esquissait le plus petit mouvement. Finalement, l'un d'eux fut assez près pour lui donner un coup de bâton dans le flanc. Un autre, pour ne pas être en reste, lui cracha dessus.

– Eh ben, commenta le premier, c'est qu'un gros vieux lézard.

Ils apportèrent d'autres cordes, qu'ils nouèrent solidement autour de la bête, pour parer à toute éventualité. Ils taillèrent deux patins neufs pour le traîneau, afin de remplacer les deux morceaux de bois dont s'étaient servis Ansel et Brock. Puis ils le halèrent jusqu'au bas de la piste, où d'autres hommes

181

les rejoignirent avec des chevaux. Derrière ces chevaux venait Bretzel qui avait miraculeusement réchappé du glissement de terrain et réussi à retourner à Knochen ; Bretzel, qui pour rien au monde ne se serait approché du dragon et qui se mit à hennir et à se cabrer, chercha à faire demi-tour dès qu'il arriva à proximité. Ansel dut courir le saisir par le licol * pour l'empêcher de ruer. Il caressa lentement le chanfrein * du poney tout en contemplant les efforts des villageois qui poussaient leurs chevaux à s'approcher de la bête.

Il leur fallut un bon moment avant qu'ils ne se calment et puissent être attelés aux brancards du traîneau. Alors seulement l'insolite cortège se mit en branle en direction de la ville. Ansel se hissa sur le dos de Bretzel qui émit un pet des plus sonores. Else jeta le bâton dont elle s'était aidée pour redescendre clopin-clopant de la montagne et parcourut le reste du chemin en traîneau, juchée sur le dragon. Ce dernier l'effrayait encore, mais elle cacha son appréhension, savourant le plaisir de constater qu'à présent c'était elle qui faisait peur à ses voisins. Elle ne se donnait même pas la peine de descendre de sa place lorsqu'ils devaient franchir des gués ou des portions de route effondrées, quand il fallait détacher les chevaux pour que les villageois remorquent à la force des bras le traîneau chargé du dragon. Qu'ils la remorquent donc avec ! Cela leur apprendrait !

Brock, privé de sa jument, marchait à côté de la

mère d'Else. La femme semblait avoir rajeuni depuis que le poids de son chagrin lui avait été ôté. Certes, elle pleurait encore de temps à autre, mais c'était de douces larmes, aussi douces qu'une pluie d'avril. Brock lui racontait ce qui leur était arrivé dans la montagne, bien que ce ne fût pas très exactement ce qui leur était arrivé, et la femme lui jetait des regards en coin signifiant qu'elle n'était pas dupe mais que cela n'avait en somme aucune importance. À présent qu'il connaissait la mère et la fille, Ansel découvrit à quel point elles se ressemblaient : même grande bouche, même façon de froncer leurs épais sourcils. Sa mère ressemblait à Else en plus âgée.

– Que comptez-vous faire quand la créature aura été trucidée ? lui demanda Brock. Vous ne serez plus en sécurité à Knochen. Une fois le dragon mort et moi parti, ces brutes vous tueront toutes les deux pour vous faire taire.

La mère d'Else haussa les épaules, puis lissa son corsage.

– J'ai un peu d'argent de côté, messire. Les économies de mon mari. J'achèterai une carriole en ville et je voyagerai. Je serai colporteuse, comme tout le monde dans la famille de ma mère. Et je quitterai vite ces montagnes, pour sûr !

L'entendant, Ansel caressa l'encolure embroussaillée de Bretzel et songea aussitôt : « Oh, moi aussi ! Je ne veux plus jamais les voir, ces montagnes ! »

Le cortège prenait de l'ampleur au fur et à mesure qu'ils approchaient de la ville. Les gens accouraient des fermes et des villages environnants pour voir la chose sur le traîneau, puis ils se joignaient à la procession, tandis que les enfants couraient sur les côtés en mitraillant de boue et de cailloux le dragon ligoté, les pères pressant le pas afin d'aider les habitants de Knochen dès qu'il fallait soulever le traîneau avant de franchir un passage trop cahoteux ou de démonter une barrière pour lui permettre de passer. D'intrépides jeunes gens grimpèrent sur le dos de la bête dans le but de faire les intéressants devant leurs camarades et de badiner avec Else. Après que certains se furent aventurés sur le dragon sans se faire dévorer, l'ambiance fut nettement plus festive. Un homme se mit à jouer de la cornemuse, tandis qu'un autre frappait sur un tambour. Le dragon tressaillit en entendant ces nouveaux bruits incongrus. Il tenta bien de rugir, mais il était si solidement muselé qu'il ne put émettre aucun son. Ansel savait parfaitement ce que l'animal pouvait ressentir en cet instant. Voyant les mouches qui s'agglutinaient en grappes autour de ses yeux, il éprouva une pitié coupable envers le dragon. Mais cela ne dura pas. Le cortège grossissait à vue d'œil, à mesure que les citadins sortaient en courant de leurs maisons pour voir ce que Brock leur avait rapporté.

Tout d'abord, ils restèrent silencieux en découvrant de quoi il s'agissait. Puis, peu à peu, l'excitation les gagna. On aurait dit un vent qui se levait et parcourait la cime des arbres dans une forêt. Et soudain Ansel se retrouva embrassé, caressé, soulevé de sa monture et porté sur les épaules de la foule pour franchir au côté de Brock les portes de la ville et monter jusqu'à la place de la cathédrale.

21

On construisit une prison pour le dragon. Les charpentiers chargés d'ériger les échafaudages pour les maçons à l'œuvre sur la cathédrale prirent leurs outils et puisèrent dans leur réserve de bois pour fabriquer une sorte de cage – quatre côtés et un toit à claire-voie – juste assez grande pour contenir la bête, arrimée avec des cordes à de lourdes pierres qu'ils avaient récupérées sur le chantier de construction. Il faisait presque nuit. Les torches et les braseros disposés autour de la cage dessinaient des ombres fantastiques sur les pavés.

Brock passa les bras entre les planches et coupa les cordes qui entravaient les pattes et les ailes du dragon. Celui-ci se releva aussitôt tant bien que mal, ses serres glissant sur ce sol inhabituel. Il avait l'air plus petit que là-haut, dans la montagne, et assurément beaucoup moins présentable : le corps maculé de boue et de crachats, tandis qu'à certains endroits, là où le frottement des cordes avait arraché les écailles, apparaissait une chair nue et blanchâtre de volatile. Il posa sur la foule ses yeux jaunes et hébétés. Les gens se moquèrent de lui et éclatèrent même de rire quand quelqu'un lui jeta un trognon de chou pourri qui l'atteignit entre les deux yeux et le fit tressaillir. Puis Brock prit une hallebarde des mains d'un des gardes de ville et, après d'infinis efforts, réussit à trancher un ou deux liens qui lui maintenaient la gueule fermée. Le dragon se débarrassa tout seul de ceux qui restaient et écrasa son museau blessé contre les planches. Son terrible rugissement retentit sur toute la place, renvoyé par les murs de la cathédrale et le palais du landgrave. La foule reflua précipitamment, laissant Brock, seul, auprès de la cage. Lorsque les badauds eurent constaté que l'ouvrage du charpentier était solide et que la bête ne pouvait s'échapper, ils s'approchèrent de nouveau, mais dès qu'elle bougeait ou émettait le moindre son, ils reculaient d'un même mouvement, telle une onde sur l'eau.

Brock se retourna face à eux, satisfait de l'effet de sa prise magistrale sur la population. Il parcourut des yeux le cercle de ces visages qui l'observaient : enfants et vieillards, paysans et indigents, mendiants et marchands, charlatans, soldats et prêtres, laiderons et beautés. Autant qu'il pût s'en rendre compte, la ville entière était venue le voir tuer la bête. Le secrétaire du landgrave, en tête de la foule et assisté d'un jeune homme en charge de son encrier et des plumes de rechange, faisait des croquis des habitants, bougonnant dès qu'ils le bousculaient.

– Alors, où est Sa Seigneurie ? demanda Brock d'une voix théâtrale afin que toute la place l'entende. Le landgrave devrait être présent pour me voir trucider la bête.

Le secrétaire leva les yeux de son croquis. Il avait une petite tache d'encre sur l'aile du nez.

– Le landgrave est pour l'heure en déplacement, messire. L'empereur chasse dans la forêt, et notre landgrave est allé lui présenter ses respects et participer à la battue.

– La battue ? répéta Brock en s'efforçant de dissimuler sa déception. Je me demande bien quel genre de gibier il espère trouver dans les forêts impériales. Un sanglier ? un chevreuil ? un ou deux blaireaux ? Il avait beaucoup plus intéressant à chasser dans ses propres montagnes.

La foule approuva bruyamment. Brock réfléchit, trouvant regrettable d'avoir remorqué de si loin cette bête si le seigneur du lieu n'était pas là pour le voir la tuer.

– Elles sont à combien d'ici, ces forêts ? demanda-t-il.

– À une demi-journée de cheval, répondit le secrétaire.

– Eh bien, envoyez un messager le chercher. Dites-
lui de ramener l'empereur s'il le désire. Dites-lui
aussi que du gros gibier l'attend dans sa propre ville ;
s'il se dépêche, c'est en sa présence que je pourfen-
drai cet abominable monstre féroce et barbare. Mais
il faut qu'il se dépêche, car je ne pense pas pouvoir le
garder longtemps enfermé dans sa cage.

Il jeta un regard vers l'abominable monstre féroce
et barbare, probablement dans l'espoir qu'il ajouterait
une touche mélodramatique à ses propos en rugissant
ou en ébranlant les planches de sa cage. Mais, la tête
ballante, le dragon semblait s'être résigné à son sort
et, sans le tressautement saccadé des muscles de ses
jarrets, il aurait aussi bien pu passer pour une statue
de pierre.

Cette nuit-là, Ansel eut droit à un lit pour lui tout
seul, une chambre à lui, à côté de celle de Brock, dans
la meilleure auberge de la ville. Quelle étrange sen-
sation ce fut de coucher sur un matelas de paille
moelleuse après son séjour dans la montagne. Il souffla la bougie et suivit des yeux les lueurs orangées des
feux qui ondulaient tout autour des volets. On chantait encore sur la place, et l'on y dansait aussi, on
y buvait de la bière tout en lançant des insultes et
des ordures au dragon captif. Les gens lui jetaient
de gros morceaux de viande avariée dans sa cage et

poussaient des « Oooh ! » et des « Aaah ! » en le voyant les déchiqueter et les engloutir. Ansel se demanda si Else et sa mère étaient encore en bas. Il ne les avait pas revues depuis que le dragon avait franchi les portes, et il n'était pas certain qu'elles fussent même entrées dans la ville. Il avait du mal à imaginer qu'il ne verrait peut-être plus jamais Else, ni n'aurait l'occasion de lui faire ses adieux, après les dangers qu'ils avaient courus ensemble.

Il dormit, et rêva que tout cela n'était qu'un rêve et qu'il était toujours dans la montagne. Le dragon le poursuivait en rugissant.

À son réveil, tout était silencieux. Aucun bruit ne montait de la place, seule luisait encore la pâle lueur des braises qui achevaient de se consumer. Ansel avait mal au ventre, tant il s'était goinfré la veille de mets tous aussi riches les uns que les autres.

Il savait qu'il ne pourrait pas se rendormir, de crainte de replonger dans le même cauchemar. Alors il se leva et descendit au rez-de-chaussée, enjambant précautionneusement les garçons d'auberge assoupis, affalés dans la grande salle, soulevant le loquet et sortant dans la fraîcheur de la nuit. La lune, basse, reposait sur l'épaule du Drachenberg. La ville était calme. Les fêtards eux-mêmes, lassés de tourmenter le dragon prisonnier, étaient allés se coucher. Ansel passa devant les gardes somnolents, blottis autour des charbons rougeoyants des braseros, et se dirigea vers la cage du dragon.

L'animal ne dormait pas. En s'approchant, Ansel vit la lune se refléter dans son œil. Il vit également ses cicatrices et ses plaies dans le clair de lune. Pauvre dragon ! songea-t-il. Le dernier de son espèce vraisemblablement. Il lui sembla injuste qu'il périsse ainsi, emprisonné et objet de railleries. Ce n'était pas la méchanceté, la malignité, qui l'avait poussé à dévorer des hommes, des moutons et des chevaux, de même que ce n'était pas elle qui poussait les renards à tuer des poules. Il n'était qu'un animal, voilà tout.

Le dragon souffla, et son haleine brûlante frôla Ansel, telle une fumée pestilentielle. Il renversa sa tête contre la cage, produisant un grincement de bois qu'on arrache. Le jeune garçon baissa les yeux et découvrit que les cordes qui maintenaient la porte fermée s'effilochaient. Tout au long de la nuit, la bête avait dû exercer patiemment de constantes poussées contre les planches, trop discrètes pour être remarquées des gardes et de la population venue le voir. À présent, les cordes étaient presque entièrement élimées. Ansel attendit. Il savait qu'il devait prévenir quelqu'un, mais il n'en fit rien. Il se contenta de regarder la corde céder brin à brin.

Le dragon, reconnaissant probablement son odeur parmi toutes celles, déroutantes, de la ville, poussa un grognement sourd et ébranla sa cage d'un coup de tête. Les cordes se tendirent. L'une d'elles se rompit. La bête glissa le museau dans l'interstice entre la porte et la structure, puis le retira et poussa de nouveau. Cette fois, tous les liens restants lâchèrent à leur tour et la porte s'ouvrit en grand.

Ansel continua à reculer pas à pas pendant que le dragon s'extrayait lentement de la cage, avant d'étirer son long cou et de déployer ses ailes. Le garçon ressentit de nouveau la terreur glaçante qu'il avait éprouvée dans la montagne, mais il s'y était tellement habitué qu'il se réjouit presque de la retrouver.

– Hé ! s'écria une voix derrière lui. Hé ! la bête s'est libérée !

Il y eut alors des cris d'effroi, des jurons, une pagaille quand les gardes se saisirent de leurs lances et de leurs hallebardes ; des courses précipitées quand des hommes s'enfuirent. D'autres passèrent en courant devant Ansel et se dirigèrent vers le dragon en brandissant nerveusement leurs armes. L'un d'eux secoua Ansel et l'invectiva avec colère, voulant savoir pourquoi il ne les avait pas prévenus que le monstre s'échappait.

Quand bien même Ansel aurait été en mesure de parler, il n'aurait pu lui répondre. Comment aurait-il pu lui expliquer qu'il éprouvait de la compassion pour le dragon et qu'il s'en était fallu de peu pour qu'il le libérât ?

– Laisse-le tranquille, intervint quelqu'un d'autre. C'est le petit domestique du chasseur de dragons, il est muet.

Le dragon rugit. Le brigadier, plus courageux que ses

hommes, fonça et lui donna un coup de hallebarde. L'animal attrapa au vol l'arme entre ses mâchoires et brisa la hampe en deux. La lame rouillée tomba en tintant sur les pavés, tandis que, comme en écho, résonnait le cliquetis des autres armes abandonnées en hâte par les hommes en fuite. À l'extrémité de la place, une femme hurla dans l'un des logis. Le dragon balança la tête d'un côté, de l'autre, flairant des proies en tout lieu, égaré par les cris de panique qui fusaient de tous les porches des maisons et de toutes les rues qui débouchaient sur la cathédrale. S'avançant vers la maison la plus proche, il passa la tête par une fenêtre que protégeaient des volets, fouillant du museau l'intérieur, ainsi qu'il l'avait fait dans l'abri du berger, le matin où Ansel l'avait vu pour la première fois. Des cris et des hurlements retentirent de l'intérieur de l'habitation, bientôt suivis par les pleurs d'un enfant terrorisé.

Sans l'avoir véritablement décidé, Ansel s'approcha du dragon. Baissant la tête, il vit ses pieds se déplacer tout seuls, l'un après l'autre, sur les pavés éclairés par la lune. Il savait qu'il devait arrêter le dragon. Brock était très certainement encore au lit, et il serait fort difficile de le réveiller avec tout le vin qu'il l'avait vu boire la veille. De toute façon, si le dragon s'était libéré, Brock n'y était pour rien.

En arrivant à proximité du dragon, Ansel frappa dans ses mains, mais l'animal, de dos, lui présentait sa queue et avait toujours la tête plongée dans la demeure sinistrée, dont les murs commençaient à se fissurer à mesure qu'il cherchait à introduire son gigantesque corps par la fenêtre. Ansel ramassa un pavé que le dragon avait descellé de ses serres en traversant la place et le lança de toutes ses forces ; mais la bête tressaillit à peine et l'ignora, s'efforçant toujours de s'insinuer plus avant dans la maison.

Impuissant, Ansel sentit son visage se crisper comme quand il était petit, prêt à fondre en larmes, de rage ou de bonheur. Il détestait ce dragon. Il détestait cette montagne. Il détestait cette ville. Il détestait la vie qui l'avait conduit jusqu'ici, il détestait Brock, son père et tout le reste. Il détestait être seul. Il voulait qu'Else soit de nouveau avec lui. Il voulait sa mère. Et il sentit cette haine et ce manque s'accumuler quelque part dans sa poitrine, former un nœud oppressant qui grossissait, grossissait jusqu'à l'empêcher de respirer, de déglutir, de réfléchir, à tel point qu'il était certain qu'il allait exploser d'une seconde à l'autre.

La porte de la maison s'ouvrit brusquement. Une famille terrifiée se précipita sur la place en chemise de nuit, les aînés des enfants portant dans leurs bras les plus jeunes, tandis que leurs parents transbahutaient entre eux un vieux grand-père assis sur une chaise à haut dossier.

Flairant leur présence, le dragon sortit instantanément la tête de la façade qui s'écroulait et fit volteface dans leur direction. Ansel courut vers l'animal ;

il était toujours si oppressé par ce nœud insoutenable qu'il laissa s'échapper de sa bouche un cri : il éructa un son. C'était comme s'il avait gardé en lui le souffle nécessaire à tous les mots qu'il aurait pu prononcer durant toutes ces années de mutisme et qu'il les expulsait d'un seul coup, tous à la fois. Il rugit face au dragon, suffisamment fort pour que la bête oublie la famille blottie, terrorisée, devant elle et s'intéresse à Ansel. Suffisamment fort pour ébranler toute la place comme au son d'une cloche qu'on aurait sonnée à toute volée.

« **NON !** »

Dans le silence qui s'ensuivit, alors qu'Ansel prenait une profonde inspiration, il aperçut Else et sa mère qui l'observaient d'une des rues voisines. Elles étaient aussi stupéfiées que lui par le bruit qu'il avait produit. Après avoir repris son souffle, Ansel amorçait un sourire à leur intention, quand il entendit sur les pavés le cliquetis des serres acérées du dragon qui entreprenait de foncer vers lui.

Ansel fit volte-face et se mit à courir à son tour, sans but précis, apercevant soudain la cathédrale dressée devant lui, comme une falaise. Au pied du monument, il découvrit une trouée, un passage en voie de construction masqué par des panneaux de toile brute. Ansel entendait toujours les serres crisser sur les pavés derrière lui. Puis, plus rien… Il se retourna, espérant que la bête s'était découragée, mais elle avait simplement pris son vol, ailes déployées, et, mi-volant, mi-bondissant, le poursuivait à travers la place déserte.

Ansel atteignit l'entrée, se jeta de plein fouet sur les panneaux de toile, à travers lesquels il réussit à se faufiler, et se précipita à l'intérieur de la cathédrale comme un lapin dans son terrier.

Pendant quelques secondes, il se retrouva seul dans les ténèbres fraîches et sacrées, avec pour unique compagnie le claquement précipité de ses semelles sur les dalles. Puis les toiles masquant le passage se déchirèrent et le dragon entra à son tour dans la cathédrale, faisant résonner les voûtes vertigineuses de sa respiration rauque. La lumière pénétra avec lui : une lampe en tombant avait mis le feu à la maison qu'il avait assaillie, et l'ombre massive de son corps démesuré se déploya sur le dallage récemment achevé. Le cou tendu en avant, le monstre tournait sa grosse tête en tous sens afin de flairer la piste d'Ansel.

Le jeune garçon courait entre les colonnes qui se dressaient, pareilles à des arbres d'une forêt de pierre. Il cherchait une autre issue, mais la cathédrale semblait tourner autour de lui dans la pénombre et il n'en trouva aucune. Au bout de la nef s'élevait la tour arachnéenne d'un échafaudage, indiquant l'endroit où les maçons travaillaient encore sur la flèche du clocher. Au milieu de cette tour, comme dans une cage tout en hauteur, une échelle montait vers le ciel, telle celle de Jacob. Ansel se jeta dessus et grimpa, grimpa, grimpa, sentant les mâchoires du dragon se refermer sur les premiers barreaux et la renverser violemment juste au moment où il posait le pied sur une plate-forme en bois de coffrage, tout en haut. Il entendit l'échelle se fracasser derrière lui alors qu'il traversait la plate-forme et s'apprêtait à attaquer une autre échelle.

Il était arrivé à mi-hauteur lorsque les bruits qu'il redoutait lui parvinrent aux oreilles : le souffle et le battement des ailes du dragon. Ce dernier avait réappris à voler en dépit de la blessure infligée à sa queue. Ansel accéléra le rythme, et l'échafaudage trembla quand le dragon se précipita dessus, s'agrippant avec les serres de ses pattes et de ses ailes, introduisant son museau furieux et affamé entre les espaces. Son terrible rugissement retentit dans toute la cathédrale. L'échafaudage vacilla, raclant la pierre des murs neufs.

Il y avait à présent de la lumière au-dessus de la tête d'Ansel. Des panneaux de bois interdisaient l'accès au clocher inachevé, mais le clair de lune filtrait à travers une trouée. Il gravit les derniers barreaux de l'échelle et se retrouva sur une ultime plate-forme, d'où il s'élança.

Il retomba sur une corniche en pierre, au bord de laquelle des gargouilles sculptées pointaient leur tête fabuleuse en direction de la montagne du dragon. En bas, à une distance impressionnante, des volutes de fumée fantomatiques s'échappaient des toits et les rues étaient envahies de gens courant en tous sens, certains fuyant le dragon tandis que d'autres cherchaient à combattre l'incendie qui faisait rage.

Ansel prêta l'oreille, ignorant les bruits qui venaient de la place, et entendit crisser les serres du dragon qui se rapprochait et montait dans le clocher. La plate-forme tangua, précipitant dans le vide, pardessus les toitures et les contreforts, les outils des ouvriers et les pierres fraîchement taillées. Elle tangua une deuxième fois : les planches s'écroulèrent et le dragon se libéra des décombres en se contorsionnant comme un poussin géant sortant d'un œuf en bois.

Après quoi il se lova au sommet du clocher inachevé, sa silhouette se découpant sur la lune descendante, tel le roi des gargouilles. Il ne semblait pas avoir vu Ansel. Peut-être l'odeur du feu montant de la place avait-elle masqué celle du jeune garçon. Peut-être l'avait-il oublié. Le dragon contemplait fixement la masse noire de sa montagne.

Dans sa chambre, à l'auberge, Brock fut réveillé sans ménagement. On le secoua, le malmena, le gifla, bref, on le traita comme jamais aucun héros n'avait été traité. Il se souleva à demi en grommelant, regrettant toutes les coupes de vin qu'il avait vidées et qui lui avaient donné un tel mal au crâne et l'impression désagréable de se trouver sur le pont d'un bateau par forte houle.

– Il s'est échappé ! lui cria quelqu'un sous le nez.

À la lueur qui envahissait la fenêtre, il reconnut Else.

– Comment ça... Le soleil s'est déjà levé ? s'étonna-t-il mollement en scrutant la fenêtre devant laquelle se tenait la mère de la jeune fille qui venait d'ouvrir en grand les volets.

Au-dehors, les cris continuaient à fuser tandis que les gens couraient.

Else le gifla de nouveau.

– Votre dragon s'est échappé ! Il est en train de dévorer tout le monde, de détruire les maisons ! Alors, qu'est-ce que vous attendez pour faire quelque chose ?

– Il a mis le feu à toute la ville avec son souffle incandescent, renchérit la mère d'Else.

– Échappé... marmonna Brock, commençant à comprendre.

Entre-temps, Else, sa mère et une demi-douzaine d'habitants avaient fait cercle autour de lui, l'avaient bouclé dans son armure et lui avaient remis de force l'épée dans la main. Brock perdit Else de vue lorsqu'ils le poussèrent dans l'escalier, puis dehors, dans la nuit enfumée et pleine de clameurs, mais quelques-uns, parmi les plus courageux, n'hésitèrent pas à le suivre pour le voir trucider le monstre.

De sa position dominante, Ansel vit Brock déboucher sur la place et s'avancer à découvert entre la cathédrale et le palais du landgrave. Son armure semblait tournoyer avec le reflet des flammes. Son visage blêmit lorsqu'il leva les yeux vers le point qu'indiquaient les gens.

– Ver ! s'écria-t-il avec quelque nervosité. Descends et bats-toi !

Le dragon l'entendit et le regarda du haut de son perchoir, le corps parcouru de frémissements. Il entrouvrit ses ailes. En se déplaçant légèrement, il descella une gargouille, et Brock dut faire un bond de côté pour éviter la sculpture de pierre qui se fracassa à ses pieds.

« Ne l'écoute pas, dragon, songea Ansel, caché dans les hauteurs. Ne descends pas. Il te tuera cette fois, ou bien c'est toi qui le tueras et les gens te tueront ensuite. »

Le dragon observait Brock, tout en agitant sa queue mutilée, qui raclait les pierres du clocher, et en émettant du fond de la gorge un grondement sourd.

« Va-t'en », pensa très fort Ansel, car pour lui le dragon devait rester dans sa montagne, et il fit des vœux pour qu'il pût simplement retourner vivre en paix là-haut, sur les cimes, loin des hommes dont il connaissait maintenant le danger, et pour qu'un jour peut-être il rencontre l'un de ses semblables…

Soudain, la bête poussa un cri perçant, couvrant toutes les réflexions d'Ansel, lui ôtant tout ce qu'il avait en tête, hormis la peur. Elle étendit les ailes et plongea en avant, se lançant en piqué dans le vide et se laissant choir sur la place. Ansel entendit au passage le souffle du vent bruire dans les plumes dépenaillées. En bas, Brock vit venir l'animal et se tint prêt, sachant que cette fois il ne devait pas faillir, avec tous ces regards braqués sur lui. L'épée bien en main, campé sur ses deux pieds légèrement écartés, il essaya de ne pas frémir lorsque le cri du dragon envahit la place.

L'animal se laissa choir jusqu'à ce qu'il se trouvât presque à l'aplomb, au-dessus de Brock ; alors, dans un soubresaut salvateur et un brusque battement d'ailes, il prit son essor, montant en flèche au-dessus des visages levés des spectateurs qui se pressaient dans la ruelle derrière Brock, au-dessus des toits des maisons en feu. Il démolit d'un coup de sa queue blessée une des cheminées du palais du landgrave, puis fit le tour du clocher de la cathédrale. À travers les membranes de ses ailes déployées, Ansel vit rougeoyer les incendies dont la lueur lui révéla en transparence le moindre de leurs os, le moindre de leurs pennes, comme le soleil à travers deux feuilles d'arbre.

Le dragon poussa un dernier cri et partit. Les murs de la ville étaient incapables de le retenir. Tel un oiseau noir et maladroit, il vola bas au-dessus des champs cultivés et des bois, puis Ansel le perdit un moment de vue lorsque l'animal se confondit avec la terre sombre, avant de l'apercevoir une dernière fois, au loin, très loin, se détachant, aussi noir qu'une chauve-souris, sur une pente enneigée éclairée par la lune.

Quand le landgrave retrouva sa ville, le lendemain en fin de matinée, il n'y avait plus de dragon pour l'attendre, mais trois rues dévastées, réduites en cendres, le toit du palais et le clocher de la nouvelle cathédrale endommagés, et la population plus effrayée et superstitieuse que jamais. Cela ne lui fit pas du tout plaisir. Le propre émissaire de l'empereur et la moitié des jeunes gens de la cour impériale avaient chevauché à ses côtés afin de découvrir l'animal fabuleux que Brock avait fait descendre de la montagne.

Il se sentit ridicule d'avoir cru en la réalité du message qui le rappelait chez lui.

– Mais c'était vraiment un dragon, affirma son secrétaire en lui montrant une poignée de plumes, quelques écailles et un croquis douteux représentant une espèce de grosse poule avec des dents.

Le landgrave approcha l'esquisse de la lumière et sourcilla.

– Johannes Brock s'est bien moqué de vous tous, déclara-t-il. Ce qu'il a rapporté du Drachenberg n'était qu'un gros oiseau. Un aigle, très certainement, auquel il manquait quelques plumes.

Il lâcha négligemment le dessin et se mordilla les doigts en essayant de trouver un moyen de ne pas perdre la face devant ses hôtes prestigieux.

– Et où est passé Johannes Brock ? demanda-t-il d'un air sombre.

Mais lorsque ses domestiques s'en furent à la

recherche du chasseur de dragons, ils n'en trouvèrent nulle part la trace.

On n'entendit plus jamais parler du ver du Drachenberg. Les écailles et les plumes furent conservées, ainsi que les dessins. Quelques siècles plus tard, un descendant du landgrave les découvrit dans le cabinet de curiosités de son ancêtre et les montra à un philosophe naturaliste, disciple du grand Linné, qui les étudia un certain temps avant de conclure qu'il s'agissait d'un canular médiéval. Ces plumes mitées ne prouvaient rien du tout, expliqua-t-il, et les écailles avaient probablement été prélevées sur un pangolin. Quant aux dessins, ils étaient aussi grossiers qu'on pouvait l'attendre d'une époque aussi fruste, et représentaient une créature hautement invraisemblable, mi-reptile, mi-oiseau. Il se montra nettement plus intrigué par les vestiges d'un crâne, découverts auprès d'un cours d'eau sur le Drachenberg, tendant à prouver que des crocodiles avaient vécu sur cette montagne…

22

Ansel, à l'instar de son maître, se doutait que les chasseurs de dragons ne seraient plus les bienvenus dans cette ville. Il se rappelait le garde qui l'avait molesté et invectivé sur la place. Il savait aussi que les habitants lui en voulaient d'avoir laissé le dragon s'échapper de sa cage.

Il se faufila à tâtons dans le clocher, puis redescendit dans la nef, empruntant l'échafaudage sur les derniers mètres, là où le dragon avait renversé l'échelle. Dehors, la ville continuait de brûler allègrement. Attaché dans l'écurie, derrière l'auberge, Bretzel donnait des coups de sabot contre les parois de sa stalle, tandis que des oriflammes de chaume en feu traversaient la cour en tourbillonnant. Ansel détacha le poney et sortit avec lui en baissant la tête, de crainte que les gens ne le voient. Mais il n'avait aucun besoin de s'inquiéter, car ils couraient partout en criant et s'efforçaient d'organiser des chaînes avec des seaux pour éteindre l'incendie.

Comme il n'y avait pas de sentinelles à la porte de la ville, le garçon et le poney réussirent à se glisser dans les ténèbres de la campagne silencieuse. Là, Ansel trouva un massif de bouleaux au creux duquel il se blottit et finit par s'endormir. Le dragon hanta de nouveau ses rêves, et Ansel savait qu'il en serait toujours ainsi. C'était comme s'il ne s'était pas envolé, mais qu'il s'était fait tout petit afin de pouvoir s'insinuer dans sa tête.

Lorsqu'il se réveilla, le soleil était déjà haut dans le ciel. Bretzel broutait l'herbe à quelques pas de lui. Ansel grimpa au sommet de son petit vallon, se mit à plat ventre et contempla le bourg en contrebas. Un léger voile de fumée planait au-dessus des maisons, mais les incendies étaient éteints. Il se demanda s'il devait retourner chercher Brock. Il se demanda s'il devait repartir vers le sud, là où se trouvait l'auberge de son père. Et, tandis qu'il était plongé dans ses réflexions, il vit au loin une petite carriole franchir les portes de la ville et s'engager, dans sa direction, sur la route qui longeait le lac. Bretzel s'arrêta de brouter et leva la tête, les oreilles dressées de curiosité. C'était une misérable petite carriole peinte, tirée par deux chevaux. À son approche, Ansel l'entendit tinter. Des guirlandes de clochettes étaient suspendues au toit, miroitant et tintinnabulant au soleil. « C'est une charrette de colporteur, supposa-t-il, qui va vendre des couteaux et des aiguilles de ville en ville. »

Comme il n'avait aucune raison de se cacher d'un marchand ambulant, il sortit à découvert et s'avança vers la route pour le regarder passer. Il s'étonna que le conducteur arrêtât le cheval et attendît en le regardant avec insistance. Il se demanda s'il n'allait pas avoir des ennuis et s'apprêtait à partir en courant, lorsqu'une jeune fille descendit de la carriole et traversa le pré en boitillant.

C'était Else. Mais qui d'autre avec elle ? Le conducteur était sa mère. Ainsi, elles s'étaient acheté leur charrette et s'en allaient.

– Ansel ! s'exclama Else. On nous a dit que le dragon t'avait mangé !

Elle le prit par la main et le conduisit jusqu'à la route où attendait la carriole. Bretzel leur emboîta le pas, chassant à grands coups de queue les mouches qu'avait réveillées le soleil printanier. Les chevaux tournèrent leur long nez vers Ansel, tandis que la mère d'Else lui faisait un petit signe de tête accompagné de son sourire timide.

– Nous partons vers les basses terres, annonça Else. Nous achèterons de la marchandise pour la vendre dans les bourgades que nous traverserons. Tu veux venir avec nous ?

Ansel ne savait que décider. Il jeta encore un regard en direction de la ville.

– Ne t'inquiète pas pour lui, dit Else qui avait deviné qu'il pensait à Brock. Il est parti dans la nuit, peu après le dragon. Il est sain et sauf.

« Comment le sait-elle ? » se demanda Ansel. Puis il considéra de nouveau la carriole, vétuste et misérable ; et Else et sa mère ne semblaient pas avoir de marchandises à vendre, hormis un tas de couvertures. Soudain, le tas se souleva et la face réjouie du chasseur de dragons apparut.

– Allez, viens, Ansel, dit-il. Tu ne peux pas rester ici. Ces gens-là sont sans merci et ont un caractère exécrable. Sais-tu qu'ils m'ont accusé, moi, d'avoir libéré le dragon ? J'aurais été de mèche avec lui pour fomenter la destruction de leur nouvelle église ! Je suis persuadé qu'ils m'auraient brûlé comme sorcier si Else et sa charitable mère n'avaient pas eu pitié de moi…

Il se redressa et se débarrassa des couvertures. Il avait ôté son armure et remis la vieille tunique qu'il portait au début de son périple vers le nord avec Ansel.

– J'ignore où nous allons. Mais, pour commencer, vers des pays chauds, sans montagnes… Ensuite, peut-être vers les Carpates. J'ai ouï dire que là-bas les paysans vivent dans la terreur de créatures imaginaires appelées « vampires », des buveurs de sang qui fuient la lumière du jour. Et, le plus intéressant, c'est qu'ils se réduisent en cendres quand on les tue. Il est plus facile de se procurer des cendres qu'un crâne de corcodrile. Et il n'est même pas nécessaire d'avoir une armure, ni une épée : apparemment, quelques gousses d'ail et un pieu effilé font l'affaire. Nous pourrions nous établir comme tueurs de vampires…

À l'avant de la charrette, la mère d'Else eut un petit rire las.

– Ne l'écoute pas, Ansel, intervint Else. Mais tu es le bienvenu si tu veux venir avec nous.

Ansel ne bougeait pas. Il n'avait pas l'habitude de décider du cours de sa vie. Il y avait toujours eu quelqu'un pour lui dire ce qu'il devait faire, mais, là, Else ne lui imposait rien, elle lui faisait une simple proposition. La jeune fille le regarda un long moment, puis haussa les épaules, fit demi-tour et remonta dans la charrette. Ansel la vit prendre place à côté de sa mère. Celle-ci rassembla les rênes, et les chevaux s'ébrouèrent puis se mirent en marche d'un pas lourd. La carriole s'ébranla lentement, accompagnée par le tintement de toutes ses clochettes, tandis que Brock, sous la banne, ne quittait pas Ansel des yeux.

Ansel se rappela le rugissement qui était sorti de sa gorge la veille. Il était tellement habitué jusqu'à présent à être silencieux qu'il n'avait même jamais essayé de reparler ; il ne pensait pas qu'il subsistât le moindre son en lui. Mais il ouvrit la bouche, et les mots étaient là, qui n'attendaient au fond de lui qu'à être prononcés ; plus précieux que de l'or, c'était le don du dragon. Il les articula. Il les cria. Puis, grimpant sur le dos de Bretzel et saisissant à pleines mains sa crinière, il lui enfonça les talons dans les flancs et galopa derrière la carriole sans cesser de crier.

C'était si bon de crier à pleins poumons et de sentir les sons puissants sortir de sa gorge. Il criait pour aiguillonner Bretzel et pour que la mère d'Else s'arrêtât. Il criait comme tous les petits garçons, comme les oiseaux qui chantaient dans les prunelliers, pour le plaisir.

– Attendez ! Attendez ! ATTENDEZ-MOI !

FIN

Glossaire de chevalerie

Bouchon d'étoupe : filasse, résidus de chanvre roulés en boule.

Boulet : articulation des membres du cheval située entre le canon (sous le genou) et le paturon (correspondant à la première phalange).

Bourre : amas de poils plus courts, plus laineux et plus épais que le poil proprement dit.

Braies : vêtement en forme de culotte ou de caleçon en usage dans les campagnes au Moyen Âge.

Canon d'avant-bras : pièce d'armure de combat destinée à protéger l'avant-bras des soldats au Moyen Âge.

Chanfrein : partie de la tête du cheval située entre le front et les naseaux.

Étriller : nettoyer un cheval en le frottant en général avec l'étrille (instrument muni de petites lames de fer dentelées).

Étrivière : courroie par laquelle l'étrier est suspendu à la selle.

Hongre : cheval castré.

Licol : pièce de harnais en cuir ou en corde que l'on place sur la tête des chevaux ou des bêtes de somme et que l'on munit d'une chaîne ou d'une longe pour les mener.

Rossinante : du nom du cheval de Don Quichotte, mauvais cheval, qui a triste mine.

Spalière : pièce d'armure recouvrant le haut du bras et l'épaule des soldats au Moyen Âge.

Philip Reeve

L'auteur

Né en 1966 à Brighton, en Angleterre, **Philip Reeve** habite aujourd'hui avec sa femme et leur fils dans le comté de Dartmoor. Il a d'abord été libraire avant de devenir illustrateur de grand talent puis auteur à succès. Avec *Mécaniques fatales*, paru en 2001, il signe son premier roman qui reçoit un accueil enthousiaste ainsi que plusieurs distinctions littéraires, dont le prix Smarties et le Blue Peter Book Award. Il s'agit du premier tome d'une série époustouflante que viennent bientôt compléter trois autres titres. Le dernier volume obtient en 2006 le prix Guardian de la fiction. Véritable Jules Verne contemporain, écrivain éclectique et plein d'humour, Philip Reeve sait aussi bien créer des mondes fantastiques, tel celui de *Planète Larklight* (Gallimard Jeunesse), que s'approprier des univers légendaires, comme celui du roi Arthur et des chevaliers de la Table ronde, qu'il a revisité dans un roman pour adolescents : *Arthur, l'autre légende*, paru dans la collection Scripto (Gallimard Jeunesse) et récompensé par la prestigieuse Carnegie Medal.

Du même auteur chez Gallimard Jeunesse

FOLIO JUNIOR

1. *Mécaniques fatales*, n° 1443
2. *L'or du prédateur*, n° 1456
3. *Machinations infernales*, n° 1512
4. *Plaine obscure*, n° 1533

Découvre les aventures
de **Tom** et **Hester**

───────────────

dans la collection

1. MÉCANIQUES FATALES

n° 1443

Dans un futur lointain où les cités montées sur roues se pourchassent, affamées, Londres, l'immense locomopole, est en quête de nouvelles proies! La jeune Hester Shaw, elle, est tenaillée par une autre faim : la vengeance. Accompagnée de Tom, un apprenti historien, parviendra-t-elle à retrouver l'assassin de sa mère ?

2. L'OR DU PRÉDATEUR

n° 1456

Depuis qu'ils ont fui Londres en cendres, Tom et Hester voyagent à bord du *Jenny Haniver*. Mais les voilà traqués par un mystérieux réseau de fanatiques. Le jeune couple se réfugie alors à Anchorage, la cité polaire dévastée et victime d'étranges disparitions. Cette dernière cherche à se mettre à l'abri des locomopoles affamées, et se dirige vers le légendaire et lointain Continent Mort...

3. MACHINATIONS INFERNALES

n° 1512

Tom et Hester vivent désormais sur Anchorage, la cité polaire, qui sommeille dans un coin perdu du Continent Mort. Mais leur fille, Wren, quinze ans, s'ennuie et attend l'aventure… Une proie rêvée pour les Garçons Perdus envoyés en mission pour dérober un mystérieux Livre d'Étain. Quand le vol tourne mal, ils enlèvent Wren dans leur vaisseau. Tom et Hester partent aussitôt à la recherche de leur fille…

4. PLAINE OBSCURE

n° 1533

Londres, autrefois l'une des plus grandes locomopoles, n'est plus qu'une épave radioactive, hantée par les espoirs brisés de ses anciens habitants. Et vingt ans après sa fuite précipitée, Tom fait une incroyable découverte dans les décombres de la vieille cité ! Mais avec sa fille Wren, ils ne sont pas les seuls à s'intéresser à Londres : les armées des locomopoles approchent…

Mise en pages : Maryline Gatepaille

Loi n° 49-956 du 16 juillet 1949
sur les publications destinées à la jeunesse
ISBN : 978-2-07-064241-0
Numéro d'édition : 184836
Dépôt légal : août 2013

Imprimé en Espagne par Novoprint (Barcelone)